JN169978

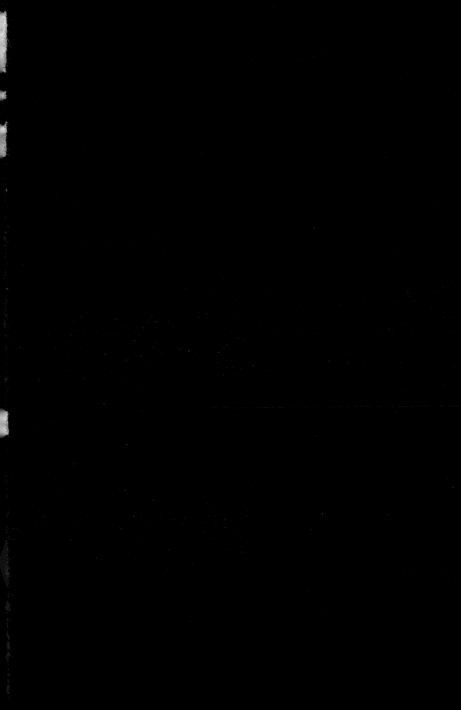

フェルディナント・フォン・シーラッハ

テロ

酒寄進一 訳

TERROR

Ferdinand von Schirach

東京創元社

目次

テロ

ドイツの裁判では参審制が採用されている。参審制とは、一般市民から選ばれた参審員が職業裁判官とともに裁判を行う制度であり、犯罪事実の認定や量刑の決定の他、法律問題の判断も行う。参審員は事件ごとに選出されるのではなく、任期制となっている。また、法律用語や訴訟手続きなども日本と異なる場合がある。（編集部）

第一幕

第一幕

裁判長は閉じた幕のあいだから舞台に登場。身なりはダークスーツに白いワイシャツ、白いネクタイ。ローブは腕に掛けている。観客に直接話しかける。

裁判長　こんにちは、みなさん。定刻においでくださりありがとうございます。このあたりは駐車スペースを見つけるのが難しいですし、この建物も少々複雑にできていますから……時間どおりに来られたとはすばらしいかぎりです。

はじめる前に、みなさんにお願いがあります。今回の事件について事前に読んだり聞いたりしたことを忘れていただきたい。本当になにもかもです。みなさんは、ここで判決を下すために呼ばれました。今日はみなさんが参審員です。被告人ラース・コッホについて裁いていただきます。法はみなさんに、ひとりの人間の運命を決める力を与えます。どうかこの責任を真摯に受け止めてください。みなさんには審理中に耳にしたことをもとに評決を下していただきます。わたしたち法律家はこれを「主要手続きの総体から汲み取る」と言います。つまり被告人、証人、被害者参加人および鑑定人がこの法廷で口にしたこと、ここで取り上げた証拠のみが、みなさんの判断材料となります。審理の最後に、評決をしていただきます。みなさんが下した評決を、わたしが判決として言い渡します。

　公判手続きでは事件を再現します。法廷は舞台なのです。もちろん劇を上演するわけではありません。それにわたしたちは役者ではありません。わたしたちは言葉によって事件を再現するのです。それが事件を把握するわたしたちのやり方です。このやり方は長いあいだつづけられてきました。何百年も前から裁判官は聖なるところとされている特別な場所に集まりました。裁くという言葉はもともと「正しく話す《レヒト・シュプレッヒエン》」という意味で、無秩序を秩序ある状態にもどすことを指します。たとえば他部族による襲撃といった災厄に見舞われたとき、そのことについて聖なる場所で話し合われました。乱暴されたのはどの女性か？　燃えたのはどの小屋か？　殺されたのはどの男か？　わたしたちの先達《せんだつ》は、そういう話し合いをすることで悪から恐怖が取りのぞかれることを知っていたのです。ただし、いまもなおそれが有効かどうか、わたしは確信が持てません。しかし試してみる必要があります。裁判官は「悪」というカテゴリーを知りません。裁判官が言い渡すのは地獄行きや劫罰《ごうばつ》ではなく、無罪か懲役刑か保安監置なのです。

どうか心穏やかに、落ち着いて判断してください。そしてなにより、みなさんの前にいるのがひとりの人間であることを忘れないでください。この人物はみなさんと同じように夢を抱き、欲求を持ち、幸福を追求しているのです。ですから評決を下すにあたって、みなさんも人間でありつづけてください。

さて、審理をはじめたいのですが、弁護人を待たなければなりません。……遅刻ですね。

廷吏が背後から裁判長に近づき小声で話しかける。裁判長はうなずく。廷吏はさがる。

裁判長　弁護人が到着したようです。ではじめましょう。

裁判長は退場。歩きながらローブを羽織る。

テロ

法廷。法壇の右側に女性速記官がすわっている。法壇中央の裁判長席は空席。左側の窓の下に検察官（女性）、その横すこし後方に被害者参加人（女性）、右側に弁護人。被告人は弁護人の背後にあるガラス張りの小部屋で着席している。法壇の正面中央に証人用の座席と机（いまは空席）。廷吏は法廷の出入口の横のスツールに腰掛ける。検察官と女性速記官は黒いローブ、白いブラウス、白いスカーフを身に着けている。被告人が空軍の制服で登場する。廷吏はベルリン州の司法職員の制服を着ている。弁護人はローブを羽織っていない。裁判長は法壇の背後の細い扉から入廷する。舞台上の人々、一同起立。

裁判長　（立ちながら）これより第十六大刑事部の参審裁判を開廷します。着席してください。

裁判長は着席し、全員が同様に席にすわる。裁判長は廷内が静かになるのを待つ。

第一幕

裁判長　記録してください。検察側は検察官ネルゾン女史、弁護人はビーグラー弁護士。被告人は拘置所から出頭したラース・コッホ少佐。本日の審理のために召喚した関係者は揃っている。ここまでで質問がありますか？

検察官と弁護人は首を横に振る。

弁護人　コッホさんには隣にすわってもらいたいのですが。
裁判長　いいでしょう。保安上の懸念はなさそうですので。
（廷吏に）廷吏、お願いします……。

廷吏は小部屋の扉を開ける。被告人は出てきて弁護人の横にすわる。

裁判長　（被告人に）こんにちは、コッホさん。ではあなたに人定質問を行います。名前を教えてくれますか？
被告人　ラースです。

裁判長　生年月日はいつですか？

被告人　一九八二年三月十四日。三十一歳です。

裁判長　既婚ですか？

被告人　はい。

裁判長　嫡出子《ちゃくしゅつし》ないし婚外子はいますか？

被告人　男の子がひとりいます。名前はボーリス。二歳。婚外子はいません。

裁判長　ベルリン在住ですね？

被告人　シュテーグリッツ地区アムゼルヴェーク五十六番地。

裁判長　コッホさん、あなたは空軍少佐ですね？　現在は勾留中で、公務を解かれている。それでよろしいですか？

弁護人　わたしの依頼人が所属するドイツ連邦軍は、この公判で最終的判断が下るのを待っています。

裁判長　ありがとうございます。

（速記官に）人定事項は主要ファイル第一巻百五十九頁と一致。

第一幕

速記官は人定事項を記す。

裁判長 被告人の人定事項に関して訴訟関係者から質問はありますか？

検察官と弁護人は首を横に振る。

裁判長 いいでしょう。申し出や質問がとくにないのであれば……検察側に起訴状の朗読をお願いします。

弁護人 窓を開けられませんか？　息苦しいのですが。

裁判長 たしかに数日前から、換気装置が故障している、と事務局から聞いています。しかし窓を開けると、騒音が入ってきます。

弁護人 通りの騒音？

裁判長 うるさくて、わたしの言葉が聞きとれなくなるでしょう。

弁護人 どっちみち聞きとれませんけどね。

裁判長 なんですって？

弁護人 いや、なんでもないです。

裁判長　それよりローブを羽織ってください、ビーグラー弁護士。

弁護人　おお、失敬。これは気づきませんでした。ごろつきですからね。

裁判長　ごろつき？　どういう意味ですか？

弁護人　ローブのことです……ご存じと思いますが。一七二六年、時の国王フリードリヒ・ヴィルヘルム一世が、弁護士は黒いローブを羽織るべしと決めたのです。ちなみにこう仰せになった。「ごろつきだと遠くから見てもわかるようにする。そうすればあの者らから身を守ることができる」

裁判長　なるほど。

弁護人　国王の気持ちはわかります。裁判関係者には耐え難い人間が多いですから。

裁判長　まあ、そのくらいでいいでしょう、ビーグラー弁護士。

弁護人　はい。

裁判長　それでは、検察官、起訴状を朗読してください。

検察官　（起立する）先ほど本人確認されたラース・コッホはオーバーアッペルスドルフ上空にて二〇一三年七月二十六日に乗客百六十四人を危険物によって殺害したことで、刑事訴訟法第百五十四条第一項一号の規定に従って起訴されています。

二〇一三年七月二十六日二十時二十一分、空対空ミサイルによって、ベルリン発ミユンヘン行きのルフトハンザドイツ航空LH二〇四七便であるエアバスA320-100/200を撃墜し、乗客百六十四人を死なせた罪に問われています。刑法第二百十一条第二項第二号別記三および第五十二条第一項一号の規定による殺人罪です。

裁判長　ありがとう。

この起訴状は本年二月二十八日、裁判所大刑事部によって変更なしで公判開始決定されたものです。主要ファイル第四巻二百五十六頁。

（被告人に）コッホさん、あなたはこの刑事訴訟手続きにおいて大量殺人の罪で起訴されています。被告人としてあなたは自己弁護のために答えても、答えなくてもけっこうです。つまり供述する義務はありません。仮にあなたに対する非難に対して沈黙を守っても、黙秘はあなたの不利になりません。起訴の内容とただいまの説明を理解しましたか？

被告人　はい。

裁判長　よろしい。あなたはすでに弁護人と打ち合わせをしていると思います。捜査手続き中、すでに詳しい供述をしていますが、今日はどうしますか？　供述しますか？

被告人　（起立する）わたしは……。
弁護人　（被告人の袖を引いてすわらせ、首を横に振って代わりに起立する）被告人の代わりに説明したいと思います。
裁判長　いいでしょう。しかし、すわったままでけっこうです。
弁護人　立っているほうが好きなのをご存じでしょう。法廷の尊厳……。
裁判長　真実を見出す役に立つのならどうぞ。
弁護人　参審員のみなさん、二〇〇一年九月十一日に自分がどこにいたか、だれもが覚えていると思います。ニューヨークの世界貿易センタービルに激突した二機の旅客機、アメリカ国防総省の本庁舎で爆発した三機目の旅客機、そしてピッツバーグの郊外に墜落した四機目、その映像を初めて見た場所を、だれも忘れられないでしょう。わたしたちはみな、炎上する高層ビルから死のジャンプをする人たちを見ました。テロによる大量殺人でした。それからおよそ一年半後、ある男がドイツで軽飛行機をハイジャックし、フランクフルト・アム・マイン上空を旋回し、その軽飛行機を欧州中央銀行の高層ビルに突入させる構えを見せたことがあります。大がかりな警戒警報が発令され、フランクフルト市内から市民が待避する騒ぎになりました。事件は事なきを得、男は着陸して、おとなしく逮捕されました。しかしわたしたちはこれらの事件から学びました。身を守らなければならないと。ですから二〇〇五年、新しい法律が施行されたのです。航空安全法です。わが国の議会は、最悪の場合、国防大臣の判断による武力行使を容認することで一致しました。無辜《むこ》の人たちが乗る旅客機に対してもです。事態が逼迫《ひっぱく》した場合、ハイジャック機の撃墜もやむなしとされました。議員の過半数がこの航空安全法に賛成票を投じました。これによって殺人が国家に許されたのです。犯人ではなく、犯罪の被害者である人たちを殺すことが許されたのです。ドイツ連邦議会で、はてしない議論が交わされたことは、みなさんにも想像がつくでしょう。

航空安全法が公布されてから一年後、連邦憲法裁判所がこの法律の中でもっとも重要な条文を無効としました。連邦憲法裁判所はドイツの最高裁判所です。すべての国家権力が連邦憲法裁判所の判決に制約されます。そして連邦憲法裁判所は、無辜の人を救うために他の無辜の人を殺すことは違憲であるとしました。生命を他の生命と天秤に掛けることは許されないという判断です。

参審員のみなさんには今日、決断していただかねばなりません。事件は以下のとおりです。テロリストが旅客機をハイジャックしました。テロリストはサッカースタジアムに旅客機を墜落させ、七万人を殺害しようと目論みました。しかしひとりの人、ここにいるこの人が行動する勇気と力を持っていたのです。この人がその旅客機を撃ち落としたことで、百六十四人が命を落としました。これが今回の起訴の内容です。検察が言うとおり、ラース・コッホがそれを実行しました。コッホは旅客機の乗客を殺害しました。男も女も子どもも。コッホは罪のない百六十四人の命を罪のない七万人の命と天秤に掛けたのです。コッホはそれを認めました。言い逃れはしていません。

しかし、参審員のみなさん、今回の刑事訴訟手続きはこれで終わるのではなく、ここから新たにはじまります。主要ファイル八十二巻、付録百五十八巻、証拠ファイル四十六巻、写真ファイル十五巻などなど。これが今回の公判で使われる書類です。わたしの依頼人はすでに七ヶ月勾留されています。それだけの長きにわたって自分の子どもに会うことができず、依頼人の妻が面会を許されたのは二週間ごとに一度、三十分間だけでした。ところでこの刑事訴訟手続きでみなさんに突きつけられている唯一の問題は、ラース・コッホが百六十四人を殺したことは許されるのかどうかということです。人を殺すことが正しく、分別があり、賢明であるという状況がわたしたちの生活の中で存在するでしょうか？　というか、それ以外の行動がすべて馬鹿げていて、非人間的である状況が存在するでしょうか？

もちろん今回の一件はとても信じられない恐ろしい事件です。しかしあってはならないことだから存在しないと信じるのは、素朴であるだけでなく、危険です。それも、非常に危険なことです。肝心なのは、想像を絶する恐ろしいことがとっくに現実のものになっている世界にわたしたちは生きていて、そうした事実と折り合いをつけなければならないということです。憲法の原則に限界があることを、わたしたちは理解しなければなりません。参審員のみなさん、そうした現実を認識し、評価することが、みなさんに求められているのです。それがみなさんの義務なのです。わたしは確信しています。みなさんが義務を果たせば、それも正しく義務を果たせば、この刑事訴訟手続きの終わりにラース・コッホは無罪を言い渡されるでしょう。みなさんは、ラース・コッホが行動したからこそ、無罪を言い渡すはずです。彼は百六十四人を殺害しましたが、それでも彼を無罪にするはずです。

　裁判長、検察官、ならびに参審員のみなさん、ラース・コッホは起訴状の公訴事実を認めます。そのとおりだと自供しています。すべて起訴状にあるとおりです。ええ、事実はそのとおりです。しかし、そう、この「しかし」が問題なのです。これは殺人ではありません。検察が導きだした結論は間違っています。

裁判長　コッホさん、弁護人が言ったことは間違いありませんか？　あなたは事件の表面的な事実を認めるのですね？

被告人　はっ？
裁判長　事実です。あなたが起訴された事実は合っているのですね？
被告人　はい。
裁判長　いいでしょう。しかし事実の推移についてもっと詳しく知りたいと思います。あなたの動機についてあなたの口から聞きたいと思います。総論的な自供だけでは十分ではありません。訴訟関係者の質問に答える用意はありますか？
弁護人　わたしの依頼人にはいまのところ、答える用意はありません。
裁判長　ではあとで答えてくれますか？
弁護人　その予定です、はい。
裁判長　いいでしょう。弁護人に任せます。では証拠調べに移りましょう。廷吏、証人のラウターバッハさんが到着しているかどうか、見てきてくれますか？

廷吏退場。

廷吏　（外で呼ばわる）ラウターバッハさん、クリスティアン・ラウターバッハさん……。

裁判長　検察官、弁護人、証人名簿からわかるとおり、証人はひとりしか召喚していません。被告人は捜査手続きですでに起訴内容を認めているので、これ以上の証人は必要ないと思われます。むろんラウターバッハ氏の証言のあと、さらに証人が必要であるとなれば、さらなる召喚は可能です。とくに書面にしたためなくてもけっこうです。わたしはおふたりの申し出に寛大に対処する所存です。

弁護人　それはまためずらしいことで。

裁判長　なにがですか？

弁護人　裁判長が寛大であるということです。

裁判長　なんですって？

弁護人　わたしの依頼人は七ヶ月間勾留されています。逃亡の恐れはないのですから、保釈しても差し支えなかったでしょう。寛大さなんてこれっぽっちもなかった。

裁判長　百六十四人を殺害した容疑で勾留されているのですから、保釈を認めることはできません。

弁護人　できはするでしょう。したくなかっただけです……。

検察官　ええと、議事の進行をお願いします。

弁護人　お願いしなくてけっこう。

裁判長　失礼ではありませんか、ビーグラー弁護士。

弁護人　失礼かどうかは関係ないでしょう。刑事弁護は人気投票ではありませんから。

廷吏とラウターバッハ入場。ラウターバッハは裁判長が指差した証言台へ行ってすわる。

裁判長　こんにちは。クリスティアン・ラウターバッハさんですか？

ラウターバッハ　はい、こんにちは。

裁判長　ラウターバッハさん、あなたには証人としてここで真実を述べる義務があることを告知します。記憶にないことを付け加えることも、記憶にあることを削ることも認められません。偽証は重い罪に問われることになります。またあなたの証言に対して宣誓が求められることがあります。わかりましたか？

ラウターバッハ　はい。

裁判長　（女性速記官に）告知が済む。

女性速記官が速記録に記す。

第一幕

裁判長　人定事項を速記録に記入します。名前を言ってください。
ラウターバッハ　クリスティアン・ゲオルク・ラウターバッハです。

女性速記官が速記録に記す。

裁判長　もうすこし大きな声でお願いします。
ラウターバッハ　はい。
裁判長　クリスティアンはファーストネームですね？
ラウターバッハ　はい。
裁判長　年齢を言ってください。
ラウターバッハ　四十九歳です。
裁判長　現住所は？
ラウターバッハ　ゴッホです。ニーダーライン地域です。
裁判長　被告人と血縁関係か姻戚関係にありますか？
ラウターバッハ　いいえ。
裁判長　職業は？

ラウターバッハ　軍人です。
裁判長　階級は？
ラウターバッハ　中佐です。
裁判長　ありがとう。
　ここに連邦軍のあなたへの証言許可状があります。それによれば、機密事項にあたる質問を拒否できることになっています。相違ないですか？
ラウターバッハ　相違ありません。
裁判長　今回の公判手続き中に、わたしないしは他の訴訟関係者が極秘扱いの内容に触れたときはその質問に答える必要はありません。極秘扱いであることを言ってください。つまりあいまいな答えは避けてほしいのです。わかりましたか？
ラウターバッハ　はい。
裁判長　昨年の七月二十六日の件です。この日に起きたことをあなたの視点で話してください。
ラウターバッハ　わたしは十四時にＤＣとして勤務に就きました。つまりその日の第二シフトです。
裁判長　ＤＣというのは？

ラウターバッハ　デューティー・コントローラーです。

裁判長　いいですか、ラウターバッハさん。ここは法廷で、空軍ではないのです。参審員は調書を読んでいません。あなたの使う言葉が理解できないのです。軍事用語はすべて説明していただかねばなりません。デューティー・コントローラーの役目はなんですか？

ラウターバッハ　ＤＣとは空軍の参謀将校のことです。まずはその背景となることから説明すべきでしょうか？

裁判長　お願いします。

ラウターバッハ　ドイツの空域はＮＡＴＯ軍によって監視されています。防空システム全体はＮＡＴＯ軍の管理下にあります。しかしドイツの空域で航空機がハイジャックされたときは、ＮＡＴＯ軍の管轄を離れ、国家航空安全指揮・命令センターに移行します。

裁判長　複雑ですね。

ラウターバッハ　将来、ハイジャック事件もヨーロッパ全域がＮＡＴＯ軍に統括される予定ですが、まだその体制にはなっていないのです。

裁判長　なるほど。つまり通常はＮＡＴＯ軍がその空域を監視し、ハイジャック事件の場合、該当する国の防衛機関が活動するということですね？
ラウターバッハ　そう言えるでしょう、はい。
裁判長　その国家航空安全指揮・命令センターには、だれが勤務しているのですか？
ラウターバッハ　連邦国防省の代表、つまり空軍の軍人です。長年、空域監視に従事している者たちです。
裁判長　他には？
ラウターバッハ　他には連邦警察、連邦内務省、連邦交通・建設・都市開発省、連邦市民保護・災害救援庁の担当官が勤務しています。
裁判長　全員で何人ですか？
ラウターバッハ　六十人から六十五人です。
裁判長　センターの所在地は？
ラウターバッハ　ノルトライン＝ヴェストファーレン州のユーデムにあります。NATO連合航空作戦センターもそこにあります。
裁判長　七月二十六日、あなたもそこで勤務していたのですね？
ラウターバッハ　はい。
裁判長　空域が具体的にどのように監視されているか説明してください。

ラウターバッハ　わたしたちは第一、第二レーダーによって監視しています。さらに航空安全局と州警察および連邦警察のすべてのデータが集まっています。連邦情報局からも情報を得ます。あくまで航空交通に関してですが。そうした情報がすべて航空管制図に集約されます。
裁判長　なるほど。
ラウターバッハ　レネゲードがあらわれないかどうか、わたしたちは絶えず監視します。
裁判長　レネゲード？
ラウターバッハ　すみません。この場合は民間航空機がハイジャックされて、テロ攻撃の道具になることを指します。わたしたちはそれを「レネゲード」と呼びます。
裁判長　英語ですか？
ラウターバッハ　はい、航空用語は英語ですので。
裁判長　わかりました。レネゲードですね？　そうした事件が起きたとき、どのようにそのことを知るのですか？
ラウターバッハ　それがわたしたちの任務の難しいところです。ご存じのように、わたしたちはすべての航空機と無線で連絡を取り、異状がないか監視します。

裁判長　たとえば？
ラウターバッハ　航空機が予定の航路をはずれるとか、自動飛行制御システムが切れるとか、無線連絡が途絶えるとか。
裁判長　よくあることなのですか？
ラウターバッハ　はい、毎日、三回から五回は起きます。ハイジャックであることはほとんどありません。それでも個々のケースを調査し、判断する必要があります。
裁判長　なるほど。
ラウターバッハ　七月二十六日はいたって簡単でした。
裁判長　簡単？　なぜですか？
ラウターバッハ　旅客機がハイジャックされたことを無線で知らせるよう、テロリストが機長に強要したからです。
裁判長　もっと正確に教えてください。
ラウターバッハ　十九時三十二分、ルフトハンザ機ＬＨ二〇四七便から無線連絡が入りました。十九時二十分ベルリン＝テーゲル空港発、二十時三十分ミュンヘン空港着予定の旅客機です。機長が、テキストを読むよう強要されていると言ったのです。
裁判長　テキストの中味は？

ラウターバッハ　（メモを読み上げる）「神のご加護により、当機はわが制圧下にある。ムスリム同胞よ、喜べ。ドイツ、イタリア、デンマーク、イギリスの十字軍政府はわれらの同胞を殺した。今度はわれわれがおまえたちの家族を殺す番だ。われわれが死んだように、死ぬがよい」

裁判長　文字どおりそう言ったのですか？

ラウターバッハ　はい文字どおり。それから、テロリストは旅客機をミュンヘン近郊のサッカースタジアムに墜落させるつもりだ、と機長は言いました。アリアンツ・アレーナのことです。当日、ドイツ対イギリスの国際試合が行われていました。スタジアムは満席、観客数七万人。

裁判長　その無線通信はあなたが聞いたのですね？

ラウターバッハ　はい。通信内容は記録されています。無線通信はすべて保存されることになっていますので。わたしはそのあと、国家航空安全指揮・命令センターにいる全員に聞こえるよう、通信内容をセンター内のスピーカーに流しました。

裁判長　テロリストは身元を明かしたのですか？

ラウターバッハ　それはあとでわかりました。アルカイダから分派したテロ組織の自爆テロリストだったとみられています。

裁判長　それはあなた自身が調べたものではないですね？
ラウターバッハ　ええ、連邦刑事局からの情報です。それから新聞にも載りました。いま言いましたように、かなりあとになってからわかったことです。
裁判長　その無線通信を聞いたあと、あなたはどうしましたか？
ラウターバッハ　センター内にいる全員に情報を伝えました。
裁判長　それは、スピーカーのスイッチを入れたということですね？　わたしが聞きたいのは、そのあとのことです。
ラウターバッハ　ああ、はい。ＮＡＴＯ軍の関係部署との呼び出しシーケンスを遮断し、即刻、空軍総監ラートケ中将に電話連絡しました。
裁判長　それはどういう人物ですか？
ラウターバッハ　中将はドイツ連邦空軍の最高幹部です。わたしは中将に報告しました。
裁判長　それは通常の手続きですか？
ラウターバッハ　はい、服務規程に則《のっと》っています。
裁判長　つづけてください。
ラウターバッハ　中将は警戒飛行小隊の緊急発進と、ハイジャックされたルフトハンザ機の目視を命じました。

裁判長　警戒飛行小隊というのは？

ラウターバッハ　戦闘機ユーロファイター・タイフーン二機からなる小隊です。二十四時間体制で任務に就いていて、北部は東フリースラントのヴィットムント航空基地に、南部はノイブルク航空基地にそれぞれ一小隊ずつ常駐しています。ヴィットムント航空基地の二機はちょうど飛行中でした。両機は十一分でルフトハンザ機を捕捉しました。

裁判長　それはまた素早いですね。

ラウターバッハ　どちらかというと普通です。担当空域はそれほど大きくありませんので。

裁判長　なるほど。パイロットはだれでしたか？　警戒飛行小隊のパイロットですが。

ラウターバッハ　コッホ少佐とヴァインベルガー中尉です。警戒飛行小隊は通常、経験豊富な年長のパイロットと若いパイロットで組むことになっています。コッホ少佐は三十一歳、ヴァインベルガー中尉は二十五歳です。

裁判長　なるほど。もう一度ラートケ中将との電話連絡に話をもどしましょう。

ラウターバッハ　はい。

裁判長　中将はそのあと、どのような命令を下しましたか？

ラウターバッハ　中将は警戒飛行小隊がルフトハンザ機のパイロットを目視したか確認しました。

裁判長　なんと答えましたか？

ラウターバッハ　両機はルフトハンザ機に追いつき、目視できました。警戒飛行小隊のパイロットからは、コックピットに私服の男が見えるという報告がありました。男は機長と副操縦士のあいだに立っているとのことでした。無線連絡はできませんでした。ルフトハンザ機の無線機が切られていたのです。

裁判長　その報告を中将に伝えたのですね？

ラウターバッハ　もちろんです。

裁判長　ラートケ中将はなんと命令しましたか？

ラウターバッハ　ルフトハンザ機の飛行進路を妨害して強制着陸させるように命令しました。

裁判長　正確にはなんと言いましたか？

ラウターバッハ　「インターヴェンション」。命令は「インターヴェンション」でした。「干渉」を意味します。

裁判長　インターヴェンションですか？　なるほど。
ラウターバッハ　はい。同時に国家航空安全指揮・命令センターの担当官全員で着陸可能な飛行場を探しました。そういう飛行場は、こういう事態に備えて事前に計画されています。
裁判長　あなたは命令を伝達したのですね？
ラウターバッハ　はい、即座に。
裁判長　言ったのはそれだけですか？
ラウターバッハ　はい。軍事用語は短いのです。それ以上必要としません。
裁判長　しかしルフトハンザ機は反応しなかった。
ラウターバッハ　そのとおりです。飛行進路を維持しました。
裁判長　そのあとはどうしましたか？
ラウターバッハ　ラートケ中将に報告しました。その他の細かい点も合わせて。
裁判長　細かい点とはなんですか？
ラウターバッハ　ルフトハンザ機がエアバスA320‐100／200であること。テロリストをのぞく乗客百六十四人が機内にいること。他に乗員が何人か？　飛行速度。そこから推測される墜落時刻。そうした細々したことです。

裁判長　そうした細かい点はどうして知りえたのですか？

ラウターバッハ　たとえば航空安全局の担当官から情報を得ました。男性は九十八人、女性は六十四人、子どもがふたり。乗客名簿は手元に届いていました。

　一番小さな子どもは四歳で、女の子でした。

裁判長　なんですって。よく聞こえませんでした。

ラウターバッハ　子どもは四歳だったと言ったのです。

裁判長　ああ、わかりました。ラートケ中将からはどのような命令を受けましたか？

ラウターバッハ　六分ほどかかりました。中将はこの件で国防大臣に電話をかけ、状況を説明したはずです。同時に連邦軍の統合幕僚長《とうごうばくりょうちょう》にも連絡しました。中将は国防大臣に提案をしました。それが中将の役目です。国防大臣は中将の提案に従うか決断します。航空安全法と服務規程でそう決められています。

裁判長　ラートケ中将はどのような提案をしたのですか？

ラウターバッハ　こうした場合、対処の順番が決まっています。

裁判長　といいますと？

ラウターバッハ　第一段階は飛行進路の妨害。第二段階は警告射撃です。

裁判長　ということは？

ラウターバッハ　国防大臣は警戒飛行小隊に警告射撃を命じました。
裁判長　警戒飛行小隊の隊長は自分では決定できないのですか？
ラウターバッハ　警告射撃をですか？
裁判長　はい。
ラウターバッハ　できません。それが決定できるのは国防大臣だけです。
裁判長　なるほど、それで警告射撃。あなたはその命令を受けたのですね？　警戒飛行小隊のパイロットに警告射撃をするようにと。
ラウターバッハ　はい。
裁判長　どのように実施されるのですか？　警告射撃のことですが。
ラウターバッハ　技術的な話になります。
裁判長　それでも構いません。話についていくようにします。
ラウターバッハ　ユーロファイターは、マウザー社が開発した五連薬室の単砲身でガス圧駆動するリヴォルヴァーカノンを搭載しています。このリヴォルヴァーカノンは右側主翼の付け根に固定されており、発砲性能は毎分千七百発。弾丸の初速は秒速千二十五メートルです。砲弾重量四キロ以上が〇・五秒で発射される計算になります。射程距離はおよそ千六百メートル。空中の標的に対して通常、高性能炸裂弾が装填《そうてん》されています。

裁判長　なるほど。

ラウターバッハ　わたしは警戒飛行小隊に命令を伝えました。「ワーニング・ショット」。わたしたちのところではそう言います。軍事用語です。

裁判長　発砲したのはだれですか？

ラウターバッハ　コッホ少佐です。少佐は件《くだん》の航空機関砲で発砲しました。曳光弾《えいこうだん》と通常弾の混合射撃です。

裁判長　だれが発砲するか決めたのは、あなたですか？

ラウターバッハ　いいえ、決定はパイロットに委《ゆだ》ねられています。しかし通常は隊長が行います。

裁判長　被告人ですね？

ラウターバッハ　そのとおりです。

裁判長　それからどうなりましたか？　旅客機の機長には警告射撃がわかるものですか？

ラウターバッハ　もちろんです。砲煙が見えますし、発砲音も聞こえます。それから砲弾の曳光が見えます。

裁判長　なにか反応はありましたか？
ラウターバッハ　いいえ。ひとこと付け加えさせてもらえば、こうした警告射撃はきわめて効果的です。それに反応がないということは、それなりの覚悟があることになります。
裁判長　なるほど。あなたの軍隊経験から、飛行を中断させる方法は他にもありますか？
ラウターバッハ　警告射撃と飛行進路の妨害以外にですか？
裁判長　そうです。
ラウターバッハ　あいにくありません。
裁判長　ないのですか？
ラウターバッハ　だれにたずねても、そう答えるでしょう。
裁判長　あなたは次になにをしましたか？
ラウターバッハ　あらためてラートケ中将に報告しました。
裁判長　それから？
ラウターバッハ　二、三分して中将から返事がありました。中将はそのあいだに国防大臣にルフトハンザ機撃墜を進言したのです。

裁判長　そして？
ラウターバッハ　それが最終手段です。しかしながら国防大臣は却下しました。
裁判長　どうして知っているのですか？
ラウターバッハ　中将から聞きました。
裁判長　ラートケ中将は大臣の決断についてなにか言いましたか？
ラウターバッハ　どういう意味でしょうか？
裁判長　それはその、たとえば、残念だが却下されたとか、そういうことです。
ラウターバッハ　いいえ。
裁判長　大臣の決断を予想していましたか？
ラウターバッハ　はい。わたしたちは連邦憲法裁判所の判決を知っていますので。
裁判長　航空安全法の一部が違憲だという判決のことですね？
ラウターバッハ　はい。あれは軍内部のいたるところで議論になりました。
裁判長　なるほど。それで、あなたは警戒飛行小隊に伝えたのですね？
ラウターバッハ　なにをでしょうか？
裁判長　撃墜してはならないと。
ラウターバッハ　はい、もちろんです。

裁判長　それからどうなりましたか？
ラウターバッハ　どうにもなりません。
裁判長　どうにもならない？　理解できないのですが。
ラウターバッハ　レーダー画面を見つめるだけで、なにもできませんでした。みんな、奇跡が起きることを祈っていました。わたしもです。
裁判長　中将の命令の裏を読んだということですか？　それとも命令をただ淡々と警戒飛行小隊に伝えたのですか？
ラウターバッハ　上官の命令の裏を読むことは、わたしの任務ではありません。
裁判長　あなたは指示をそのまま伝えたのですか？
ラウターバッハ　はい。
裁判長　なるほど。状況を想像してみましょう。あなたはレーダー画面を見ながら待機した。どのくらいのあいだですか？
ラウターバッハ　二十八分です。
裁判長　そんなに？
ラウターバッハ　はい。
裁判長　ほとんど三十分ですね。

ラウターバッハ　はい。

裁判長　それから？

ラウターバッハ　コッホ少佐が……。

裁判長　被告人ですね？

ラウターバッハ　少佐は二度、聞き違えていないか確かめました。

裁判長　撃墜してはならないという命令を？

ラウターバッハ　そのとおりです。撃墜命令は「エンゲージ」と言います。わたしは二度とも、そういう命令は発令されていないと隊長に伝えました。

裁判長　交信状態は明瞭でしたか？　被告人はあなたの言葉を理解できたのですね？

ラウターバッハ　本人が復唱しましたから、はい。

すみません。水を一杯もらえますか？

裁判長　廷吏、証人に水を一杯持ってきてください。

廷吏は水差しと水の入ったグラスを一客持ってくる。

ラウターバッハ　ありがとう。

ラウターバッハはすこし時間をかけて水を飲む。

裁判長　つづけてもいいですか？
ラウターバッハ　はい。
裁判長　なるほど。では、被告人は二度復唱したのですね？　それからどうなりましたか？
ラウターバッハ　次に、ルフトハンザ機が降下している、とコッホ少佐から報告がありました。わたしのレーダーでも確認できました。
裁判長　スタジアムとの距離はどのくらいでしたか？
ラウターバッハ　およそ二十五キロ。
裁判長　ルフトハンザ機はそのあいだ飛行進路を変えましたか？
ラウターバッハ　いいえ。そのときコッホ少佐がマイクに向かって叫びました。
裁判長　叫んだのですか？
ラウターバッハ　はい。
裁判長　なんと叫んだのです？

ラウターバッハ　「いま、撃墜しなければ数万人が死ぬ」

裁判長　はっきりそう言ったのですね？

ラウターバッハ　はい。

裁判長　それから？

ラウターバッハ　コッホ少佐がサイドワインダーを発射するのをレーダー画面で確認しました。

裁判長　サイドワインダーとはなんですか？

ラウターバッハ　ミサイルです。

裁判長　ふたたび技術的説明が必要なようですね。

ラウターバッハ　空対空ミサイルです。型式はＡＩＭ－９Ｌ／Ｉサイドワインダー。

裁判長　どのように機能するのですか？

ラウターバッハ　サイドワインダーは赤外線センサを搭載しています。熱源を探知します。

裁判長　そうなったのですね？

ラウターバッハ　赤外線センサはルフトハンザ機右翼のエンジンを捕捉し、そこに命中しました。旅客機はじゃがいも畑に墜落しました。

裁判長　何時でしたか？
ラウターバッハ　二十時二十一分です。待ってください。もう一度確かめてみます。二十時二十一分三十四秒ちょうど。サイドワインダーの電子装置が作動した時間です。
裁判長　警戒飛行小隊は？
ラウターバッハ　コッホ少佐はマイクに向かって、こうするほかなかったと言いました。戦闘機二機は機首を返し、基地に帰投しました。コッホ少佐は着陸後、逮捕されました。もちろん連邦警察は救助要請をだしました。撃墜された旅客機の生存者を捜索し、現場を立入禁止にするというものです。生存者はいませんでした。しかしそれも、報告を聞いて知っているだけです。
裁判長　国家航空安全指揮・命令センターから、ミサイルが爆発しないようにすることはできなかったのですか？
ラウターバッハ　どうすればできるのですか？
裁判長　知りません。たとえば無線を遮断するとか？
ラウターバッハ　いいえ、そういうことは不可能です。武器を操作できるのはパイロットだけです。パイロットが自分で発射をやめる以外ありません。
裁判長　そういうことですか？　つまりパイロットの手に委ねられているということ

ですね？
ラウターバッハ　はい。
裁判長　緊急発進した空軍機は常に武装しているのですね？
ラウターバッハ　戦闘機ですから、当然、武装しています。
裁判長　撃墜したことはラートケ中将に報告しましたか？
ラウターバッハ　もちろんです。
裁判長　中将はどういう反応をしましたか？
ラウターバッハ　なにも反応しませんでした。
裁判長　なんですって？
ラウターバッハ　中将は報告をただ受けとりました。どう思われたかは、わたしの知るところではありません。もちろん中将は作戦行動のすべての記録を保全し、コッホ少佐を即刻、連邦警察へ引き渡すように命令しました。
裁判長　なるほど。いいでしょう。わたしから証人への質問は以上です。事実関係は明らかになったと思われます。事実関係は被告人の自供と個々の点で一致しました。他の訴訟関係者から証人への質問はありますか？　検察官？
検察官　質問はありません。

裁判長　弁護人、質問はありますか？
弁護人　いいえ、質問はありません。
裁判長　よろしい。証人の証言に疑義はありますか？　ないならば……。
検察官　ひとつ質問があります。すみません。
裁判長　どうぞ。
検察官　ラウターバッハさん、些末なことですが、あなたは証言のはじめに、国家航空安全指揮・命令センターの全員がハイジャックの発生を知っていたと言いましたね？
ラウターバッハ　はい。
検察官　連邦警察、連邦内務省、連邦交通・建設・都市開発省、連邦市民保護・災害救援庁などの担当官がそばにいたと言いました。
ラウターバッハ　そのとおりです。
検察官　スタジアムからの避難を決定したのはだれですか？
ラウターバッハ　スタジアムからの避難？
検察官　そうです、だれがその担当でしたか？
ラウターバッハ　わかりません。

検察官　考えてみてください。時間はあります。
ラウターバッハ　まったくわかりません。
検察官　そうなのですか？
ラウターバッハ　本当に知らないのです。
検察官　わたしもそうです。やはり知りません。ところでラウターバッハさん、わたしがなぜ知らないかわかりますか？
ラウターバッハ　いいえ。
検察官　だれひとりその決断をしなかったから、わたしは知ることができないのです。だれひとりです。国家航空安全指揮・命令センターにいただれひとり、スタジアムからの避難命令をださなかったのです。
ラウターバッハ　しかし……。
検察官　なんですか？
　これはじつに単純な質問です。なぜなのですか？　なぜ命令をださなかったのです、ラウターバッハさん？
ラウターバッハ　はい……。
検察官　返事を待っているのですが……。

ラウターバッハ　わたしは……わたしたち……わたしたちはその暇がありませんでした。

検察官　本当ですか？

ラウターバッハ　はい。

検察官　時間がなかったのですか？　あなたがここで明らかにした時間を考えると、十九時三十二分の最初の無線通信から旅客機が地上に墜落した二十時二十四分まで指示をだす時間があったことになります。正確に言えば五十二分間。

ラウターバッハ　五十二分間……。

検察官　ええ、五十二分間です。

　スタジアムの緊急避難計画がここにあります。第十九巻四百三十八頁です。そのマニュアルによると、満席のスタジアムは十五分以内に避難可能とあります。つまり五十二分あれば、全員、まず間違いなく全員がスタジアムから出ることができたのではないでしょうか。

ラウターバッハ　全員。

検察官　わたしが言ったことを繰り返す必要はありません。わたしは、なぜだれもスタジアムからの避難を指示しなかったのか、その理由が知りたいのです。

ラウターバッハ　そ……それは……。
検察官　あなたとあなたの同僚たちはなにか確信していたのではないですか？
ラウターバッハ　確信？　なにをですか？
検察官　コッホ少佐が旅客機を撃墜すると確信していましたね？
ラウターバッハ　いいえ。
検察官　もう一度質問します。スタジアムに避難指示をださなかったのは、いざとなったら被告人がミサイルを発射するとわかっていたからではないのですか？
ラウターバッハ　そんなことはありません。
検察官　ちがうのですか？　答える前によく考えてください。これも宣誓の対象です。
裁判長が告知していますね。
ラウターバッハ　はい、おそらく。
裁判長　もうすこし大きな声で言ってください。この法廷は声が聞こえづらいので。
ラウターバッハ　予想することができました。
検察官　なにを予想することができたのですか？
ラウターバッハ　コッホ少佐が撃墜するだろうと思っていました。
検察官　どうしてそう予想することができたのですか、ラウターバッハさん。

ラウターバッハ　なぜなら……。
検察官　あなただったら、やはり旅客機を撃墜していたからではないですか？
ラウターバッハ　いいえ、それは、その……。
（裁判長に）答えなければいけませんか？
裁判長　本当のことを答えても、あなたの不利になるとは思えません。
ラウターバッハ　えっ？
裁判長　答えてください。
ラウターバッハ　（検察官に）そのときになってみないとわかりません。
検察官　答えるお手伝いをしましょうか、ラウターバッハさん。元国防大臣フランツ・ヨーゼフ・ユングは、連邦憲法裁判所の判決があってもハイジャックされた航空機の撃墜を命じると発言しました。ご存じですね？
ラウターバッハ　それは、あの。
検察官　知っているのですか、知らないのですか？
ラウターバッハ　そう発言されたことは知っています、はい。
検察官　ユング元国防大臣は言っています。引用します。
「われわれには超法規的緊急避難が必要だ」

ラウターバッハ　はい、それは読んで知っています。
検察官　軍内部で議論されましたか?
ラウターバッハ　もちろんです。常に重大なテーマでした。
検察官　重大なテーマ?
ラウターバッハ　レネゲードが発生した場合、どう対処するかは、どの部隊でも絶えず議論されました。
検察官　そしてあなたは覚えていらっしゃいますね。元国防大臣は言っています。パイロットには、緊急時に航空機を撃墜する覚悟を持つ者だけが選抜されるだろう、と。
ラウターバッハ　それも知っています。
検察官　それが理由だったのではないですか?　だから、だれもスタジアムに避難指示をだそうとは考えなかったのですね。

ラウターバッハは首を横に振る。

検察官　もう一度考えてください。コッホ少佐がどういう反応をするかわかっていたのではないですか?

ラウターバッハ　どう言ったらいいかわかりません。わたしはこの質問を予想していませんでした。
裁判長　真実を言ってください。
ラウターバッハ　わたしは……ほとんどの同僚がコッホ少佐と同じ行動を取るだろうと思っていました。はい。おそらくわたしもルフトハンザ機を撃ち落としていたでしょう。
検察官　やはり、そうですか。
ラウターバッハ　なにが言いたいのですか？
検察官　スタジアムからの避難を指示しなかったのは、ある種の賭けだったのですね、ラウターバッハさん。
ラウターバッハ　なんですって？
検察官　あなたはそこに賭けた。七万人の命を取るか、被告人の決断を取るか。
ラウターバッハ　ひどいおっしゃりようだ。
検察官　ひどい？　どうしてひどいのですか？
ラウターバッハ　勘弁してください。賭けなんてするはずがありません。
検察官　ラウターバッハさん、あなたがスタジアムからの避難を指示していたら、観客はだれも危険にさらされずにすんだのですよ。しかし、あなたはどうやら、それを望まなかった。

ラウターバッハ　とんでもない。そんなつもりはありませんでした。

検察官　正直になりましょう。あなたは、事件がちがう結末で終わると確信していたはずです。被告人が撃墜すること。あなたはそこに賭けたのです。

ラウターバッハ　そんなつもりはなかったと言うほかありません……。

検察官　繰り返す必要はありません。百六十四人の命を取るか、七万人の命を取るかという数字の問題でないことは明らかです。

弁護人　いいかげんにしたらどうだね。証人は被告人ではないのだよ。わたしは異議を申し立て……。

検察官　言い方を変えましょう。ラウターバッハさん、警戒飛行小隊がいなかったと想定しましょう。

ラウターバッハ　意味がわからないのですが。

検察官　とにかくそう考えてみてください。

ラウターバッハ　はい。

検察官　テロリストの無線通信しか情報がなかったとします。あなたはどうしましたか？

ラウターバッハ　さあ……。

あなたの言いたいことがわかりました。つまりその場合は……。

検察官　……だれかが……。

ラウターバッハ　……スタジアムの避難を指示したはずだと。しかし状況がまったく異なります。

検察官　そうですか？

ラウターバッハ　いや、その……なんというか……。

検察官　ありがとうございました。質問を終わります。

裁判長　弁護人、質問はありますか？

弁護人　三つほどあります。

裁判長　どうぞ。

弁護人　あなたはスタジアムの避難に責任を負っていましたか？

ラウターバッハ　いいえ。バイエルン州の防災本部の管轄です。

弁護人　被告人はスタジアムの避難に責任を負っていましたか？

ラウターバッハ　もちろん負っていません。

弁護人　ルフトハンザ機が接近したとき、スタジアムは満席でした。被告人になにか状況を変える力はあったと思いますか？

ラウターバッハ　いいえ。

弁護人　ありがとうございます。この点を明記願います。質問を終わります。

裁判長　いいでしょう。証人の証言に疑義はありますか？

検察官と弁護人は首を横に振る。

裁判長　（ラウターバッハに）ではあなたの証人としての役目を解きます、ラウターバッハさん。当法廷はあなたの証言に感謝します。

ラウターバッハ　ところで、証人への実費弁償の申請書はどこにだしたらいいのでしょうか？　今日は非番の日ですので。

裁判長　ここへ持ってきて、見せてください。

ラウターバッハは法壇へ行き、裁判長に書類を渡す。裁判長はさっと目を通し、法廷の壁に掛けた時計を見る。署名してラウターバッハにもどす。

裁判長 どうぞ。
ラウターバッハ ありがとうございます。
裁判長 これを三三二bの部屋へ持っていってください。廊下の奥の四つ目のドアです。
ラウターバッハ はい、ありがとうございます。

ラウターバッハ退場。

裁判長 さて、弁護人、あなたの依頼人は訴訟関係者の質問に答える用意がありますか?
弁護人 はい。
裁判長 コッホさん。
被告人 やってみます。
裁判長 いいでしょう。それでは前に来て、証言台にすわってください。音響的にもそのほうがいいので。

被告人は証言台へ行ってすわる。

裁判長 いつでも質問を中断し、あなたの弁護人と相談してけっこうです。

被告人 わかりました。

裁判長 では、あなたがどんな人生を歩んできたか質問します。あなたは長男として生まれましたね？

被告人 はい、三歳下に妹がいます。

裁判長 両親はどのような職業についていましたか？

被告人 父は連邦軍にいました。ドイツ再統一後、参謀将校として連邦国防省報道局に勤務していました。

母は書店員です。わたしが生まれてからは家に入り、専業主婦をしていました。

裁判長 あなたはフライブルクで生まれ、学校に通いましたね？

被告人 はい。幼稚園、小学校、高等中学校はフライブルクでした。

裁判長 あなたの大学入学資格試験の成績がここにあります。成績はオール優でした。

担任教師の内申書には、あなたが数学で、バーデン゠ヴュルテンベルク州において最高得点だったと記されています。

被告人　そのとおりです。

裁判長　学校の外ではどのようなことに関心がありましたか？

被告人　物理学です。「若者は研究する」というイベントに毎年参加していました。

裁判長　しかも一度はそこで二位になりましたね？

被告人　はい。それからスポーツに打ち込みました。とくにサッカーと陸上競技。

裁判長　つまり学校も、習い事も楽にこなせたと言えますね？

被告人　はい。

裁判長　あなたは子ども時代と青春時代をつつがなく過ごしたのですね？

被告人　幸せだったと言えるでしょう。はい。

裁判長　あなたの職業選択に話を変えましょう。軍人になることは、あなた自身が望んだことですか？　それとも父親の希望ですか？

被告人　たしかに父も戦闘機乗りを夢見ていました。

裁判長　それで？

被告人　父の場合、夢はかないませんでした。

裁判長　なるほど。
被告人　わたしはずっと空軍に入隊したいと思っていました。子どもの頃から戦闘機乗りになる夢を抱いていました。他に選択肢はありませんでした。わたしの子ども部屋には昔から飛行機のポスターが貼ってありました。
裁判長　どこに惹かれたのですか？
被告人　飛行機は魅力でいっぱいです。空を飛ぶ夢、速度、精密さ。
裁判長　大学入学資格試験を受けた後すぐ、十八歳で士官養成課程に応募しましたね。
被告人　わたしはケルンの士官応募者試験センターに招かれて、適性検査を受けました。二日間かかりました。そのあと医学的、心理学的、精神運動的見地から適格かどうか検査されました。十月、フュルステンフェルトブルック航空基地に配属されました。
裁判長　どのように昇進しましたか？
被告人　一年後、士官候補生教育課程を修了し、士官になりました。つまり士官の辞令を受けたのです。それから二十五ヶ月かけて、パイロットとしての基礎訓練と中等訓練を受けました。
裁判長　それはどこでですか？

被告人　アメリカ合衆国です。正確にはアリゾナ州グッドイヤーです。そのあとテキサス州シェパード空軍基地でジェット機操縦士養成訓練を受けました。十五ヶ月。

裁判長　そこではなにを学ぶのですか？

被告人　簡単に言えば、操縦術です。理論を学び、シミュレーション訓練とおよそ三百時間の飛行訓練。訓練期間を終えると、軍用機の操縦ライセンスを取得できます。

裁判長　それから？

被告人　それからドイツにおける飛行条件を学びます。

裁判長　そんなにちがうものなのですか？

被告人　地形、気象条件が異なります。ヨーロッパ空域で行動するのは、とても複雑なのです。入り組んだ国境と航空機の数を考えてくだされればわかるでしょう。

裁判長　なるほど。その時点で、志願兵として十六年間の勤務が義務づけられるのですか？

被告人　勤務年数はすぐに決められるわけではありません。勤務年数は訓練の水準によって段階的に決まります。

裁判長　ここにあなたの連邦軍人事記録があります。どこでも最高の評価を受けていますね。あなたは毎回、ええと、引用しましょう。「無条件で昇進を提案する」とされています。

被告人　考えてみてください。空軍に入隊した者のうち戦闘機のコックピットまで辿《たど》り着けるのは一万人にひとりなのです。パイロットに養成された者では、ユーロファイターに搭乗できるのは十人にひとりだけです。

裁判長　たいへんな狭き門ですね。

被告人　ドイツでは社長や心臓外科医のほうが戦闘機パイロットよりも多いでしょう。

裁判長　七月二十六日のできごとに話題をもどしましょう。ラウターバッハさんの証言は聞いていましたね？

被告人　はい。

裁判長　あなたから見て、事件は証人の言葉どおりでしたか？

被告人　はい。

裁判長　あなたの記憶と一致しますか？

被告人　完全に一致します。

裁判長　いいでしょう。ルフトハンザ機を撃墜する数分前について話してくれますか？　あなたの視点からお願いします。

被告人　飛行進路の妨害と警告射撃にルフトハンザ機の機長は反応しませんでした。

それはもう聞きましたね。その数分後、ＤＣから撃墜してはならないという命令を受けました。

裁判長　ラウターバッハ証人からですね？

被告人　はい、そのとおりです。旅客機と並行飛行する以外することがありませんでした。わたしたちは再三、旅客機との接触をはかりました。無線と視認によって。成果はありませんでした。

裁判長　ラウターバッハ証人によると、あなたは撃墜不可の命令について確認を取ったそうですね？

被告人　そのとおりです。撃墜命令がだされていないか、国家航空安全指揮・命令センターに二度問い合わせました。ルフトハンザ機があと数分でスタジアムに達することはわかっていました。

裁判長　そのときなにを考えましたか？

被告人　うまく説明できません。

裁判長　時間はあります。試してみてください。

被告人　こう考えてください。わたしたちの養成課程、複雑な選抜、訓練、何年間にもわたるトレーニング、上官による評価などなど、それはすべて、わたしたちが困難きわまりない状況でも沈着冷静でいられることを目的にしています。危険を即座に正確に把握することが、わたしたちの任務です。まさにそのために、わたしたちは訓練を受けてきたのです。

裁判長　なるほど。

被告人　わたしたちがルフトハンザ機と並行飛行したとき、平時において起きうるもっとも困難な状況に置かれたのです。われわれパイロットはみな、何百回もそのことについて考えをめぐらしています。議論もしています。家族や、友人や、上官や、法律の専門家と。もちろんパイロットはみな、そういう状況に置かれないことを祈っています。

裁判長　軍事行動には当たらないのですね。

被告人　そのとおりです。ルフトハンザ機内にいた人たちもまた、わたしたちが守るべき民間人ですから。

裁判長　しかし、あなたはその時点でなにか考えたはずですね？

被告人　わたしは命令に背くべきか考えました。数万人を救うために数百人を犠牲にする。そのときわたしがなにを思ったかという質問なら……。

裁判長　なんですか。

被告人　妻と息子のことを考えました。身内のことです。
裁判長　身内？
被告人　家族のことをわたしたちはそう呼びます、はい。
裁判長　なるほど。
被告人　それから死のことを考えました。わたしの人生がすべて変わってしまうことを……。考えたのはそういうことです。
裁判長　なるほど。そしてなにをしたのですか？
被告人　ルフトハンザ機の背後にまわりました。すこし後方の高い位置を取りました。それからサイドワインダーを発射しました。わたしはマイクに向かって叫びました。しかしなにを言ったか覚えていません。わたしはあとになってなんと叫んだか聞きました。わたしの弁護士が録音を聞かせてくれましたので。
　そういうことを忘れてしまうなんて、奇妙です。
裁判長　あなたは発砲したとき、つまりサイドワインダーを発射したとき、それがどのような結果を生むかわかっていましたか？
被告人　自分が刑務所に入るということですか？
裁判長　いいえ。あなたのミサイルがルフトハンザ機を破壊し、乗客を殺すことを意識していましたか？

被告人　もちろんです。

裁判長　どうなったか正確に話してください。

被告人　撃墜についてですか？

裁判長　はい、ルフトハンザ機はどうなりましたか？

被告人　サイドワインダーの赤外線センサが旅客機のジェットエンジンを捕捉しました。ミサイルは命中しました。正確に。主翼内にある航空機用燃料が爆発しました。その結果、主翼が胴体から分離しました。主翼が失われると同時に、気流を失いました。

裁判長　それから？

被告人　ルフトハンザ機は回転しました。

裁判長　機首を返したのですか？

被告人　いいえ、ひっくり返ったのです。いわゆる背面飛行の状態になりました。技術的には簡単に説明のつくことです。

気流が失われ、そして……。

裁判長　どうぞ、つづけてください。

被告人　爆発の熱で旅客機の外板が一部溶けて、開口部から乗客が四人放りだされました。
裁判長　正確に四人？
被告人　少なくとも四人です。そこまでは視認できました。それからトランク、鞄など。機内は燃えて、プラスチックが溶けていました。それからもう一方の主翼が爆発し、旅客機は墜落しました。
裁判長　そのあとどうしましたか？
被告人　わたしたちは機首を返して基地に帰投し、そこで逮捕されました。
裁判長　わたしたち？
被告人　はい、はじめはわたしの部下も逮捕されたのです。わたしはすぐに報告をしました。
裁判長　いいでしょう。もう一度、撃墜前にもどりましょう。あなたはテロリストをどこかのタイミングで視認できましたか？　テロリストがなにをしているか知ることはできましたか？
被告人　いいえ。
裁判長　他の乗客乗員はどうですか？　なにか見ましたか？

被告人　なにを見たというのですか？
裁判長　たとえば乗客がコックピットに突入しようとしていたとか。
被告人　いいえ。
裁判長　乗客乗員が通路に立っているのは見えましたか？
被告人　いいえ、見えませんでした。
裁判長　公判調書九十三巻百二十二頁によると、ブラックボックスの解析の結果、旅客機が爆発したとき、乗客乗員がコックピットに突入しようとしていたことがわかっています。
被告人　わたしには見えませんでした。
裁判長　いいでしょう。あなたは命令違反をしましたね？
被告人　はい、そうです。
裁判長　なぜですか？
被告人　それが正しいと考えましたので。七万人が死ぬのを何もせずに見ていることはできませんでした。
裁判長　（検察官に）検察官、コッホさんに質問はありますか？
検察官　裁判長の質問に関連して訊きたいことがあります。乗客乗員がコックピットに突入しようとしているところが見えた可能性はありますか？
被告人　機体が燃えていました。
検察官　と言いますと？
被告人　なにも見えませんでした。すべてが煙に包まれていました。
検察官　ということは、投げだされた人が席についていたか、通路に立って、コックピットに押し入ろうとしているところか見分けられなかったということですね？
被告人　はい、わかりませんでした。
弁護人　検察官、その質問でなにを言いたいのかわからないのですが。
検察官　わたしの質問に異議を唱えるのですか？
弁護人　どういう関連の質問か知りたいだけです。
検察官　異議を唱えたいのなら、そう申し立ててください。さもなければ、わたしの質問を中断させないでいただきたいですね。
裁判長　まあまあ。気を使う公判ですね。
　弁護士、検察官の質問に異議を申し立てますか？　もっともその必要性を感じませんが……。
弁護人　もうけっこうです。

検察官　では、その可能性を排除しませんか？
被告人　えっ？
検察官　あなたがミサイルを発射したとき、乗客乗員がコックピットに突入しようとしていたということです。
被告人　可能性は排除できません。
検察官　排除できないんですね？　いいでしょう。
　ではもうひとつ……。
弁護人　「いいでしょう」とはなんですか？　被告人の返答に予断を抱くのですか？
検察官　裁判長、お願いします。わたしは質問の権利を行使できないのですが。
裁判長　弁護人、検察官の言うとおりです。異議を申し立てるのなら、型どおりにしてください。申し立てないのなら、これ以上、質問の邪魔をしないでください。

弁護人は首を横に振ったが、抗議するのをやめる。

検察官　コッホさん、わたしもあなたの人事記録を読みました。あなたは養成期間中に法の問題について集中的に学んでいますね。あなたの決断をもっと正確に根拠づけることはできませんか？

被告人　連邦憲法裁判所の判決について、若い戦闘機パイロットの前で研究発表をしたことがあります。たぶんファイルにあるでしょう。

検察官　ええ、たしかに記録されています。そこであなたが今回の決断をどう理解しているかうかがいたい。どういう法的結論をだしているのか……。

裁判長　検察官、今度はわたしから言いたいことがあります。わかっていると思いますが、わたしたちは被告人と法について問答しているわけではないのです。事実を確かめているのです。

その事実に従って、わたしたちは判断するのです。わたしがコッホさんへの質問をやめた理由でもあります……。

弁護人　すみません。わたしには検察官の質問が受け入れられるだけでなく、必要なことだと考えます。わたしの依頼人の責任を判断しようとするなら、その動機を理解する必要があります。依頼人が法的状況とどのように対峙したかは本質的なことです。すでに聞きましたように、依頼人は簡単には決断できませんでした。

裁判長　（観客に）参審員のみなさん、弁護人は、依頼人が法的問題と対峙しているので、そのことについて質問を受けるべきだと考えています。今回の特別な事件では、コッホさんの論拠はそれなりの意味を持ちます。すべての現代的な国家と同様、わたしたちはいわゆる責任主義を取っています。わたしたちは被告人の責任の軽重によって罰を与えます。以前の刑法は行為だけで処罰されていました。人を殺した者は死刑です。どうして犯行に至ったかは問われませんでした。しかしいまは動機について理解しようとします。人をその気にさせたなにが法に反するかを把握しようとするのです。人殺しの理由は、豊かになりたくてか、嫉妬からか、快楽ゆえか。あるいはもっとちがう動機、場合によってはわたしたちが納得できる動機があるかもしれません。今回の場合、被告人の動機はその被告人が法に対してどういう考えを持っているかと密接に関連します。被告人の考えを聞いてみましょう。

（検察官に）いいでしょう。質問を許します。検察官、どうぞ。

検察官　コッホさん、わたしが理解していることが正しければ、あなたは連邦憲法裁判所の判決に反対していましたね？

被告人　はい。

検察官　あなたは研修中に学んだと思いますが、あなたが命令に背いてよいのは、その命令が違法な場合に限ることを知っていますね？

被告人　知っています。
検察官　そしてあなたは、国家による実力行使が部分的に連邦憲法裁判所の判決に縛られることを知っていますね？
被告人　基本的にそのとおりです。
検察官　基本的に？
被告人　連邦憲法裁判所の判決は間違いだと思っています。
検察官　説明してもらえますか？
被告人　はい。問題は、特殊なケースで無関係な人々の殺害が許されるかどうかにあります。
検察官　連邦憲法裁判所はそれを否定しました……。
被告人　しかし問題はすこし異なっています。一方に乗客百六十四人、もう一方はスタジアムの七万人の観客。この場合、両者を天秤に掛けるべきでないというのはありえないことです。
検察官　つまり、スタジアムの人のほうがはるかに多いから旅客機の乗客を殺害することに正当性があると言うのですか？
被告人　はい。

検察官　あなたは命を他の命と天秤に掛けたのですね？
被告人　いいえ、ひとりひとりの命を天秤に掛けたのではありません。七万人を救うために百六十四人を殺すことは正しいと信じているだけです。
検察官　いいでしょう。基本的にひとりひとりの命は同じ価値を持つと信じているのですね？
被告人　もちろんです。
検察官　それにもかかわらず、より多くの人の命が救える場合、もう一方の命を放棄することは許されるのですか？
被告人　はい。
検察官　ちょっと考えてみてください。ひとりの男が腕を折って病院を訪ねました。それ以外は健康体です。その病院では、たくさんの患者が緊急に移植手術を受ける必要がありました。それが彼らの最後の救いなのです。
　あなたの論拠に従えば、あなたは腕を折った男を殺し、即座に臓器を摘出してもいいことになります。
被告人　まさか、そんなことはありえません。
検察官　なぜですか？

被告人　数が多い場合にのみ例外扱いできると考えているんです。
検察官　ひとり対四人ではだめですか？
被告人　ええ、だめです。
検察官　なるほど。ではひとり対百人は？　ひとり対千人は？　ひとり対一万人ですか？　どこが判断の分かれ目ですか？
被告人　そうはっきりとは言えません。人はケース・バイ・ケースで決断することになります。
検察官　「人」ではないでしょう。決断するのは、あなたなのですから。
被告人　わたしですか？
検察官　ええ、あなたです。いわば、あなたは決断に際して神にも等しい立場にいるわけでしょう？　あなたは、どのような状況下なら人は生きつづけることが許されるかひとりで決断するのです。だれが生き、だれが死ぬかを決めるのはあなたです。
被告人　わたしは……。
検察官　もし人間の命にはひとしなみに価値があると言うなら、あなたもそう信じているとおっしゃいましたね、それなら命を数値化することは不可能ではないですか？　原則と矛盾しませんか？

被告人　乗客はあと数分しか生きられなかったでしょう。
検察官　それはまた別の問題です。
被告人　しかし旅客機はスタジアムで爆発する見込みでした。乗客の命はすでに風前の灯火でした。わたしが撃墜しなくても、乗客は全員死んでいたでしょう。
検察官　もう一度訊きます。問題は生きる時間がどれだけ残されているかに尽きるのですか?
被告人　はい。
検察官　今回の場合、時間の長さを決定するのはあなたです。命が風前の灯火である人間は守るに値しないと、あなたは考えている。では、どのくらいの時間まで認めるのですか?　五分ですか?
被告人　わかりません……。
検察官　もっと少ないですか?
被告人　わたしは……。
検察官　それとももっと長く?　家族に電話をかけ、別れを告げる時間はくれますか?　ニューヨーク同時多発テロでは、多くの乗客がそうしました。
被告人　実地に立って……見てくれなくては。

検察官　実地？
被告人　ぎりぎりのところで撃墜しました。あれ以上は待てなかったでしょう。
検察官　しかしそれではなにも変わらないのではないですか？　ではこう考えてみてください。病院を訪ねた男は腕を折っただけでなく、死の病に冒され、余命数時間だとします。あなたの論理に従えば、その患者の死を待つ必要はないですね。すぐに命を絶ち、臓器を摘出しても構わないことになります。
被告人　とんでもない。もちろん、そんなことは許されません。
検察官　なぜですか？
被告人　数時間と数分間はまったく別物です。それにあなたの例にある死の病に冒された患者には罪がなかったですし。
検察官　罪がない？　しかし乗客だって、無辜だったではないですか？
被告人　そうとも言えません。
検察官　どういうことなのか説明をお願いします。
被告人　乗客は旅客機に搭乗することで自ら危険に飛び込んだのです。
検察官　そうでしょうか。
被告人　常にハイジャックに遭う恐れがあることを、いまではだれもが認識しているはずです。旅客機の乗客はみな、テロの被害者になりうることを知っています。それは空港の中を見ればおのずとわかることです。空港の警備体制を考えればすむことです。危険はだれの目にも明らかです。

検察官　つまり、乗客は航空チケットを購入することで、殺されることに同意していると言うのですか?

被告人　殺される可能性があることにです。

検察官　それってあまりに浮世離れした考えだと思いませんか?　あまりに非現実的だと思いませんか?

被告人　それがわたしたちの人生です。

検察官　では旅客機に搭乗していた子どもはどうなのですか?

被告人　子ども?

検察官　旅客機には子どもが乗っていました。子どもも殺されることに同意していると言えますか?

被告人　それは……。

いや、親が子どもの代わりに同意しています。

検察官　興味深いですね。あなたの論理のとおりに考えると、スタジアムにいる人間も危険なところに赴いていることになりませんか？

被告人　それは理解できません。

検察官　あなたの見方だと、この世界では人がたくさん集まるところは危険と隣り合わせということになります。たとえば地下鉄駅、ロックコンサート、パブリックビューイング、そしてスタジアムもそのひとつです。いや、もっとありますね。映画館やクラブや劇場に行く者はみな、危険なところに赴く。だから自分が殺されることに同意したことになるんですね。

被告人　そう言っているわけではありません。

検察官　どうしてですか？

被告人　旅客機の乗客はとくに危険にさらされています。

検察官　まあ、そうですけど……。

被告人　いいでしょうか。あなたはさっきからずっと情に訴えています。

検察官　どういう意味ですか？

被告人　物事をもっと別の角度から見てください。

検察官　と言いますと。

被告人　民間人は武器になりうるのです。テロリストの武器です。テロリストは航空機を武器に変えるのです。この武器と、わたしは戦わなければならないのです。
検察官　コッホさん、あなたは知的な方です。しかしそれはおかしくないですか？
被告人　なぜですか？
検察官　それでは乗客をもはや人間とみなしていないことになりませんか？
被告人　どうしてでしょうか？
検察官　あなたは乗客を武器の一部だと言う。だとすると、乗客は物、物体になってしまいますよ。
被告人　しかしそういうものです。
検察官　あなたは、人間をそういうふうにしか見られないのですか？　武器の一部としか見なされなくなった人は、それでもまだ人間なのですか？　人間であることは、わたしたちにとってもっとも大事なことだと思うのですが？
被告人　そういう美しい思想を、あなたなら展開できるでしょう。しかしわたしは上空で、責任を負うのです。わたしには、人間であることの本質とはなにかなどと考えている時間のゆとりはありません。決断しなければならないのです。

被告人、水を一口飲む。

裁判長　休憩を取りましょうか、コッホさん。
被告人　いいえ、けっこうです。検察官、そこまでおっしゃるのなら、軍人がどのように考えなければならないか説明しましょう。わたしは宣誓をしています。
検察官　そうなのですか？
被告人　そうです。
「ドイツ連邦共和国に忠誠を尽くし、ドイツ国民の権利と自由を、勇気をもって守る」
　暗誦できます。
検察官　話のつながりがわからないのですが。
被告人　この宣誓は、国を守るためなら軍人は命をかけなければならないということを意味します。
検察官　たしかにそうですね。
被告人　しかし、国家は共同体を脅《おびや》かす危険に対処するべく軍人の命を代償として差しだすとも読めます。わたしはこの宣誓をいつもそう理解しています。
検察官　なにが言いたいのです？

被告人　わたしが言いたいのは、国家は人を犠牲にすることを厭《いと》わないということです。共同体を守るための犠牲者、あるいは、あなた流に言うなら共同体の価値を守るための犠牲者。昔からずっとそういうものです。軍人は公共のものに被害が及ばないよう守る義務を帯びています。それも命がけで。そこでも命が他の命と天秤に掛けられます。軍人の生命と民間人の生命。

検察官　興味深い意見ですね、コッホさん。しかし軍人としての義務と国家による無辜の乗客の殺害とでは根本的にちがうでしょう。

被告人　と言いますと?

検察官　第一にあなたはこの国の軍人ですから、わたしたちの国家によって殺されることはありません。殺されるとしたら敵の軍事力によってです。第二に、コッホ少佐、あなたは自分を犠牲にしませんでした。あなたは他の人を殺害したのです。

被告人　しかしわたしにも、命の危険に身をさらすかどうかを自分で決めることはできません。わたしには命令に従う義務があるのです。

検察官　あなたは自分の意志で軍人になる決断をしました。だれも強制していません。そしてあなたは行動したとき、そういう危険にさらされる覚悟をしていましたね。

被告人　議論が少々理論に偏りすぎているかもしれません。

検察官　そうですか？
被告人　決定的な要因は別にあります。
検察官　聞かせてください。
被告人　軍人として、わたしは日々、種々の危険について考察するよう求められています。国民をどうやって守るか？　どうすればわたしたちの国を守れるか？　それがわたしの任務です。
検察官　つづけてください。
被告人　連邦憲法裁判所の判決が実際にはなにを意味するか考えたことはありますか？
検察官　なにが言いたいのですか、コッホさん？
被告人　あの判断が実際にはなにを意味するかということです。わたしたち全員にとって。
検察官　と言いますと？
被告人　上空で戦闘訓練をするとき、敵の立場に立ってみる必要があります。さもなければ勝つことはできません。敵がなにをするか先読みしなければならないのです。
検察官　わかります。

被告人　連邦憲法裁判所の判決について考察したら、テロリストがなにをするか明白です。

検察官　つまり？

被告人　簡単なことです。テロリストは無辜の人を常に利用するでしょう。そうすれば、国家はお手上げです。連邦憲法裁判所がわたしたちを無力にしてしまったのです。わたしたちはテロリストのなすがままです。国家は武器を置き、わたしたちは観念する。

　あなたは乗客百六十四人を殺害したことでわたしを告発しています。あなたは、わたしがこの愚かな決断に従わなかったことを非難しています。わたしの義務だったはずだ、と。そうです、検察官、あなたの言うとおりです。この決断でわたしたちがお手上げになるから、それに従わなかったのです。連邦憲法裁判所の判決は、わたしが教育されてきたことと矛盾します。

検察官　コッホさん、あなたはいまでも正しいことをしたと思っているのですね？

被告人　はい。

検察官　国家理性《レゾン・デタ》が求めているという理由で、乗客は犠牲にされなければならなかったというのですね。

被告人 そうです。
検察官 あなたは次も同じことをするのですね？
被告人 はい。
検察官 他に選択肢はないのですか？
被告人 ありません。
検察官 それなら、コッホさん、あなたにもうひとつ質問があります。あなたの奥さんがその旅客機に搭乗していても撃墜していましたか？
被告人 えっ？
検察官 あなたの奥さんと息子さん。ふたりがその旅客機に搭乗していたらどうでしたか？ ふたりのことも殺しましたか？
被告人 わ……わたしは……。
弁護人 なんという質問だ。ひどすぎる。
検察官 いいえ、この質問はどこもひどくありません。ひどいのは、あなたが口をはさむことです。
裁判長 まあまあ、落ち着いて。
弁護人 これが落ち着けますか……。

裁判長　まあ、そうかっかしないで。弁護人、あなたもわかっているでしょう。被告人の説明が罪の重みに堪えるものかどうか、ただ主張しているだけのものかどうかを審理するのがわたしたちの役目です。検察官の質問はまさにそれを狙ったものです。

弁護人　まあ、そうかもしれません。しかし、それはわたしたちの役目ではなく……。

被告人　待ってください。わたしはその問いをたてるつもりはありません。それはできません。

検察官　なにができないのですか?

被告人　どう答えても嘘になります。

検察官　あなたの言うとおりです。命の問題だからです。これで質問を終わります。

裁判長　弁護人、依頼人への質問はありますか?

弁護人　いいえ。

裁判長　いいでしょう。ではコッホさん、弁護人の隣の席にもどってください。

コッホ、弁護人の横の席にすわる。

裁判長　さて、異論がなければ、被害者参加人を証人として召喚します。

弁護人と検察官がうなずく。

裁判長　マイザーさん、あなたは本訴訟において被害者参加人であると同時に証人です。あなたの話を聞きたいと思います。どうぞ証言台についてください。

マイザーは証言台にすわる。

裁判長　マイザーさん、人定尋問をします。名前はなんと言いますか？
マイザー　フランツィスカです。
裁判長　何歳ですか？
マイザー　三十四歳です。
裁判長　お住まいは？
マイザー　ミュンヘンです。トルーデリンガー地区……。
裁判長　けっこうです。住所までは必要ありません。ミュンヘンで十分です。職業はなんですか？

マイザー　看護師です。
裁判長　いまでもその職についていますか？
マイザー　はい、イザール川右岸病院です。
裁判長　被告人と血縁関係か姻戚関係にありますか？
マイザー　いいえ。
裁判長　マイザーさん、あなたに証人として告知します。あなたはここで真実を述べなければなりません。記憶にないことを付け加えることも、記憶にあることを削ることも認められません。偽証は重い罪に問われることになります。わかりましたか？
マイザー　はい。
裁判長　（女性速記官に）告知は済む。

女性速記官は速記録に記す。

裁判長　マイザーさん、ご主人はＬＨ二〇四七便の乗客で、今回の件で命を落とし……。
マイザー　それはちがいます。

裁判長　ちがう?
マイザー　夫は命を落としたのではありません。命を奪われたのです。
裁判長　では事件があった日について話してください。あなたが望めば、いつでも証人尋問を中断します。
マイザー　ええと、あの日はこうでした。午前中に夫からわたしに電話がありました。何時に帰るか言いました。ベルリンからです。夫はジーメンス社で働いていて、その日の朝、会議のためにベルリンへ出張したんです。
裁判長　なるほど。
マイザー　病院で夜勤が二夜つづいたので、わたしはその日、一日休みを取っていました。ですから車で夫を迎えに行くつもりでした。わたしはよく出迎えに行きました。ご存じでしょうが、空港は市内から遠くて、タクシーだととても高くつくんです。夫は電車が好きではありませんでしたし。それで空港に着いてみると、到着ロビーの電光掲示板に「遅延」と出ていました。
裁判長　空港にはひとりでしたか?
マイザー　いいえ。ひとりのわけがありませんけど。
裁判長　連れはいたかという意味ですが?

マイザー　ああ、そういうことですか。いいえ、娘は家にいました。わたしの母に見てもらっていました。
裁判長　つまりひとりだったのですね？
マイザー　そのとおりです。
裁判長　電光掲示板を見て、遅延だとわかったあと、どうしましたか？
マイザー　ショートメッセージが届きました。
裁判長　ショートメッセージ？
マイザー　はい。
裁判長　マイザーさん、そのショートメッセージにはなんと書かれていたのですか？
マイザー　すみません。読み上げます。警察に携帯電話を押収されて、いまだに返してもらっていないんです。でも文面をメモしてあります。

ハンドバッグからメモを取りだし、朗読。

「テロリストグループがハイジャックした。コックピットに押し入ろうとしている。心配するな。きっとうまくいく。愛している」

これで全部。これだけです。もちろん返信しましたけど、返事はありませんでした。
裁判長　あなたはなんと返信したのですか？
マイザー　よく覚えていません。たしか「いったいなにがあったの？」とか、そういうことです。
裁判長　ショートメッセージの着信時間はわかりますか？
マイザー　だれのショートメッセージですか？
裁判長　ご主人のです。
マイザー　はい、待ってください。午後七時四十八分十二秒です。携帯電話から書き写しました。
裁判長　それをいつメモしましたか？
マイザー　押収されたときです。携帯電話が必要だ、と警官に言われました。
裁判長　ありがとうございました。調書第七巻八十六頁の警察の記録に書いてあります。あなたの携帯電話はタイムサーバーに同期してあったと。
マイザー　えっ？
裁判長　つまり、あなたの携帯電話は正確だったということです。
マイザー　自動的にそうなると思いますけど。

裁判長　そのことを言っています。ショートメッセージを受けとったあと、どうしましたか？

マイザー　携帯電話をすぐ警官に見せました。夫はそういう冗談をしたことが一切ありません、とわたしは言いました。警官はまだとても若かったです。赤ら顔で、にきびがありました。そのことをよく覚えています。警官はすぐだれかに知らせ、わたしは部屋に連れていかれました。管理区域の一室です。みんな、大騒ぎしていることがわかりました。それで、わたしは不安になりました。ずっと人が出たり入ったりしてました。出たり入ったり。ひっきりなしに。

裁判長　旅客機がハイジャックされたことは告げられましたか？

マイザー　はじめは教えてもらえませんでした。年輩の警官が来て、わたしを落ち着かせようとしました。でも、わたしは看護師です。ですから患者とどう話したらいいか知っています。警官のしゃべり方はまさにそういう感じでした。わたしはその警官の言うことが信じられませんでした。

裁判長　それから？

マイザー　そのうち別の警官が来ました。それから女性も。女性は制服を着ていませんでした。わたしのそばにすわった警官は、ハラーとかヘラーとかいう名でした。その警官はとても静かにわたしに話しかけました。でもそうやって静かに話しかけられるときって、ひどい話と相場が決まっているんですよね。警官は言いました。旅客機がハイジャックされ、撃墜された、と。現在、生存者がいるかどうか捜索中、とも言いました。

裁判長　その女性はだれでしたか？

マイザー　心理学者でした。その人は、助けがいるか、とわたしにたずねました。でもわたしは助けなんて必要としていませんでした。なにが助けになるかまったくわかりませんでしたし。家では小さな娘がベッドに寝ていて、なにも知らずにいたんです。そのことがずっと頭から離れませんでした。夫のことではなく、娘のことばかり考えていたんです。

裁判長　あなたはなにをしましたか？

マイザー　わたしがなにをしたかですって？　なにもしませんでした。

裁判長　それからどうしましたか？

マイザー　よく覚えていません。にきび顔の警官がまたわたしを到着ロビーに案内してくれました。警官は、車まで送っていこうか、だれか迎えに来られる人はいるか、とわたしにたずねました。わたしはひとりになりたいと思いました。到着ロビーのべンチにすわって、到着客が出てくるたびに見つめました。奇妙でした。泣くことができなかったんです。空港内をたくさんの警官が走りまわっていました。大混乱になっていました。空港内のアナウンスは聞きませんでした。ただひたすらベンチにすわっていました。家に電話をかけることもせず。わかってもらえるかどうか心許ないですが、わたしは夫を待っていたんです。到着客が出てくるドアをずっと見ていました。そこから出てくると思ったんです。

なんのあいさつもなくいなくなってしまうなんて、ひどいです。

裁判長　ちょっと休憩したほうがよさそうですね。

マイザー　いいえ、休憩しなくていいです。質問してもいいですか？

裁判長　なんでしょうか？

マイザー　警察は教えてくれませんでした。乗客はコックピットに入ったのですか？

裁判長　なんですって？

マイザー　ですから、乗客はコックピットに突入することができたんですか？

裁判長　それはわかっていません。旅客機はその瞬間に撃墜されましたので。

マイザー　でも大事なことですよ。テロリストを取り押さえることができたかもしれないのでしょう？　そうすれば、旅客機を撃墜する必要はなかったはずです。ちがい

てまわりました。いろいろありました。旅行鞄、時計、札入れなど。夫の遺品はなかなか見つかりませんでした。そしてようやく最後から二列目のテーブルで、夫の左の靴を見つけたんです。変でした。左の靴だけだったんですから。靴はなんともありませんでした。疵《きず》ひとつなく、血もついていませんでした。

じつを言うと、夫は自分の靴をいつもきれいにしていました。高価な靴ばかりで、とくに馬革の靴がお気に入りでした。値段は高いが、長持ちする、と夫は言っていました。わたしは左の靴をテーブルから取り上げました。それを引き取るための書類に署名しました。係の人は靴を袋に入れようとしましたが、わたしはそのまま手に持ちました。家に帰るあいだ、その靴はずっと車の助手席にありました。その靴がです。

いいですか、裁判長、わたしの娘はいま七歳です。埋葬するとき、娘がわたしに訊きました。パパが入っていないのなら、棺《ひつぎ》にはなにが入っているの、と。

わたしは、なんと言ったらいいかわかりませんでした。埋葬した棺は、たしかに中味が空っぽだったんです。わたしは祈ることができませんでした。靴は森に埋めました、ひとりっきりで。靴を埋めてよかったのかどうか自信がありません。

すみません。こんなことを言ってもどうしようもないですよね。わたしにも、どうしてそうしたのかわからないんです。

裁判長　そうですね、マイザーさん。
マイザー　かわいそうなのはわたしの娘です。うまく説明できないんですが、娘がわたしに言ったんです。パパがどんなにおいだったかもう忘れてしまった、と。つまり父親の体臭を覚えていないんです。
裁判長　ありがとうございました、マイザーさん。
マイザー　わたしの携帯電話は返してもらえるのですか？　あのショートメッセージが欲しいんです。わかりますか？
裁判長　ええ、わかります。この刑事訴訟手続きが終わり次第、携帯電話はお返しします。しかし、いまはまだ証拠品として必要なのです。申し訳ないです。
マイザー　みんな、そう言うんですよね。
裁判長　えっ？
マイザー　「申し訳ない」って。口ばっかり。
裁判長　いまは渡せないのです。
マイザー　ええ、そうですね。
裁判長　被害者参加人であり、証人であるマイザーさんに質問はありますか？

検察官と弁護人は首を横に振る。

裁判長　マイザーさん、それでは感謝をもって証人としての役目を解きます。公判を見守りたいのでしたら、もちろん残られてもけっこうです。

マイザー退廷。

裁判長　ここで被告人の犯罪記録簿について申し添えておきます。記録は一切なし。コッホさんに前科はありません。
　他に質問、申し出、提案がないようでしたら……。

検察官と弁護人はうなずく。

裁判長　……では、証拠調べを終わります。検察官、論告の準備に時間が必要ですか？

検察官　ええ、すこし時間が欲しいです。

裁判長　いいでしょう。ではこれより二十分間休廷します。

（廷吏に）二十分したら、招集してください。

裁判長は起立し退廷。同時に他の訴訟関係者全員が起立。

休廷。

第二幕

第二幕

裁判長を除く訴訟関係者全員が所定の場所にすわるか立っている。廷吏が舞台の袖に登場する。

廷吏　裁判長が入廷します。公判を再開します。

裁判長の入廷、訴訟関係者一同起立。

裁判長　すわってください。

全員着席。

裁判長　検察官、論告をどうぞ。

検察官　（起立する）裁判長、参審員のみなさん。まず言っておきたいことは被告人が犯罪常習者ではないということです。被告人の行動は、通常法廷で扱われるものとは大きくかけ離れています。被告人は妻や妻の愛人を殺したわけではありません。強盗や詐欺を働いていませんし、盗みをしたわけでもありません。それどころか、ラース・コッホは市民の規準に照らせば、これまで模範的な暮らしをしてきました。なにひとつ罪に当たることはしてきませんでした。被告人には非の打ちどころがありません。被告人の考えは誠実で真摯です。そのことに、わたしは感銘を受けました。ラース・コッホは幼年期の体験や精神障害などの理由で罪を逃れようと試みる被告人でもありません。聡明で思慮深く、正義と不正義を判断できる人物です。判断力はおそらくたいていの人よりもすぐれているでしょう。ラース・コッホはすべて自覚をもって、きわめて明晰な精神の下に実行しました。正しいと確信をもっていたのです。いまでもそうです。

参審員のみなさん、たしかに弁護人の言うとおりです。今回の公判で問題になっているのは、わたしたちが無辜の人を救うために他の無辜の人を殺してもいいのかということです。そしてそれが数の問題かどうかという点です。ひとりの人間の死で四百人の命が救えるのなら、割に合うと言えるのでしょうか？
咄嗟《とっさ》の判断ではおそらくだれもがそうするでしょう。一見正しいように思えます。自信はないかもしれません。思い切る必要もあります。それでもいざとなったら、わたしたちは十分吟味したうえでやはりそうするでしょう。わたしたちは良心に問うはずです。そうすれば最良の知恵と良心に基づいて冷静で公平な行動をしたと信じることができます。わたしたちはラース・コッホに同意します。そうすれば、わたしたちは無罪を言い渡して公判を終えることができるでしょう。

しかし、みなさんは、わたしたちの憲法が別のことをわたしたちに要求していることをすでに耳にしました。連邦憲法裁判所の裁判官はこう言っています。命は他の命と天秤に掛けることは許されない。絶対に許されない。たとえそれが大量の数でも。それでいいのかといぶかしむでしょう。わたしたちは、被告人と犠牲者に成り代わって、そのことについて、より正確に考える責任があります。

わたしたちはどのような規準に則れば、被告人が行った殺人の可否を判断できるのでしょうか？　そもそもわたしたちは良心とモラルと健全な理性に従って評決を下すものです。しかし他にも判断材料があります。元国防大臣が言及した「超法規的緊急避難」です。多くの法曹関係者から「自然法」に含まれると認められているものです。

しかし参審員のみなさん、呼び方はどうあれ、意味するものは常に同じです。わたしたちは法よりも上位にある概念に従って判断すべきだというのです。法よりも大きく、法の代わりをする概念。そこでわたしは問いたい。それでいいのですか、と。みなさんひとりひとりはモラルや良心が信頼できると信じていると思います。しかしそれは間違いです。

一九五一年、ドイツの法哲学者ハンス・ヴェルツェルがいわゆる「転轍器《てんてつき》係の問題」を書きました。急な山の線路で貨物列車が暴走した。貨物列車は全速力で谷間の小さな駅へと疾走する。そこには旅客列車が止まっている。このまま貨物列車が衝突すれば数百人が死ぬことになる。みなさんが転轍器係だとします。みなさんには、転轍器を操作して貨物列車を別の線路に引き込むことができます。問題はその別線路に線路の修理をしている五人の線路作業員がいることです。貨物列車を別の線路に引き込めば、五人の作業員を殺すことになりますが、数百人の乗客は救える。あなただったらどうしますか?　五人の作業員を犠牲にしますか?

実際、たいていの人が貨物列車を別の線路に引き込むでしょう。いろいろ勘案しても、そういう行動を取ることは正しいとみなせます。

しかし条件をすこし変えただけで、問題ははるかに難しくなります。アメリカの法哲学者ジュディス・ジャーヴィス・トムソンが一九七六年に、元の問いを変えて、こんな例を提案しました。貨物列車が山の上から暴走した。しかし貨物列車を別線路に引き込むための転轍器がない。あなたは傍観者として橋の上からその場で起きていることをただ見ていることしかできない。そのときあなたの隣にとても太った男が立っているとする。その男が橋から落ちれば、線路をふさぐことになる。男は轢《ひ》き殺されるが、彼の体が貨物列車を止めるかもしれない。といっても、その男を突き落とすのは容易ではない。男はとても太っていて、力もあるから。つまり事前に殺す必要がある。たとえばナイフで。そうすれば男を線路に落とすことが可能になる。そして乗客を助けられる。参審員のみなさんなら、どうしますか？

そうです、たいていの人がその太った男を殺すことをよしとしないでしょう。しかしそもそもなにか変わったところはあるのでしょうか？　実際にはなにも変わっていません。わたしたちは自ら手を汚さなければならないのです。自分で人を殺めなければならないとなれば、わたしたちにはそれができません。状況にはほとんど違いがないのに、頭の中は一変します。最初のケースで五人を死なせることは覚悟できたのに、今度はたったひとりでも殺すことができない。突然、正しい決断を下すことができなくなるのです。参審員のみなさん、モラルの問題に確実なことなど一切ないのです。

わたしたちはそれを受け入れるほかありません。

わたしたちは過ちを犯します。それも再三にわたって。それがわたしたちの本性です。どうしようもないことなのです。モラル、良心、健全な理解力、自然法、超法規的緊急避難、どの概念も抵抗力がなく、揺らぎがあります。いかなる行動が今日正しいのか、そしてわたしたちの考えたことが明日もなお、いまと同じように有効かどうか、はなはだ心許ないのが現実です。

わたしたちは、そのときどきに咄嗟に確信すること以上に頼れるなにかを必要としています。いつでも規準にすることができる、拠りどころとなるなにか。カオスな状態を見渡せるようにしてくれるなにか。どんなに困難な状況でも有効な指針。わたしたちは原則を必要とするのです。

参審員のみなさん、わたしたちはこの原則を自らに与えました。それが、わたしたちの憲法です。わたしたちは個々のケースを憲法に照らして判断すると決めたのです。あらゆるケースが憲法という秤《はかり》に掛けられ、検証されます。検証の規準は憲法であって、わたしたちの良心やモラルではありません。憲法よりも上の権力があると考え、それを規準にすることは論外です。法とモラルは厳密に分けられなければなりません。

それが法治国家の本質だ、とわたしたちが気づくまで、長い時間がかかりました。

わたしたちがその認識に至るまでどれだけの高い代償を払ったか、みなさんもご存じでしょう。みなさんを縛るのは、法律となったものだけです。現実に存在する法律は、憲法に合致し、込み入った民主的な手続きを経て、わたしたちの議会によって公布されます。ですからモラルに反して間違っているように思えても、法律は有効なのです。わたしたちに可能なのは、法律を撤廃することだけです。ところで、道徳的な考え方はどうでしょうか？　それがどんなに正しく思えても関係ありません。何人《なんぴと》も縛るものではないからです。縛ることができるのは法律だけなのです。さらにもうひとこと言います。「モラルとしては正しい」ことでも、その意見が憲法を超えることは決して許されないことです。いずれにせよ、民主的な法治国家が機能しているところでは許されないのです。

もちろん憲法が抵抗権を担保していることはご存じでしょう。法律がその使用にあたって人間蔑視につながり、耐え難い不正を生みだす場合があるかもしれないからです。しかし参審員のみなさん、ラース・コッホの事件はそれには該当しません。暴君を殺害したわけではないからです。わたしたちの憲法とは、モラル、良心その他の理念よりも優先しなければならない原則の集合体です。その中でもっとも重要な原則こそ人間の尊厳です。

わたしたちの憲法、すなわちドイツ基本法は「人間の尊厳は不可侵である」という条文ではじまります。この条文ではじまるのは偶然ではありません。この条文はドイツ基本法でもっとも重要な文言です。この第一条は「永久保障」されています。つまりドイツ基本法が有効であるかぎり改変不可なのです。しかし尊厳とはそもそもなんでしょうか？　連邦憲法裁判所は言っています。尊厳とは、人間が国家的行為の単なる対象にされることは決して許されないということです。「国家的行為の単なる対象」、これはなんでしょう？　この理念は哲学者カントまで溯《さかのぼ》ります。カントはこう言っています。

人間は自らの法律を定め、それに従って行動することができる。そこが人間と他のすべての生物との違いだ。人間は世界を認識し、自分自身について考察することができる。したがって人間は主体であって、石のような単なるモノではない。人はだれでもこの尊厳を持っている、と。

ひとりの人間の運命が、その人が影響を与えられないところで決定される場合、つまり頭ごなしに決定が下されるとき、その人はモノと化すのです。以上のことからはっきりしたでしょう。国家は生命を他の生命と天秤に掛けることは絶対にできないのです。一方の人数が百人であろうと、千人であろうと許されないのです。参審員のみなさんを含むひとりひとりの人間に、このような尊厳があります。人間はモノではありません。命は数値化できません。売り買いはできないのです。

ところでこれは、大学教授や哲学者が頭の中で考えた理念でしかないのでしょうか？　連邦憲法裁判所裁判官が要求しているのは、わたしたちの日々の暮らしから遠くかけ離れたことでしょうか？　いいえ、その逆です。人間の尊厳を貶《おとし》める判断を下した結果なにが起きるか、みなさんはラース・コッホの事件でご覧になったとおりです。国家航空安全指揮・命令センターにいる軍人のことを考えてください。そこにいた軍人が全員、憲法に忠実に対応していたら、このような状況にはならなかったはずです。なぜならスタジアムからの退去が行われ、だれひとり危険にさらされることはなかったはずだからです。参審員のみなさん、これでこの問題を看過してはならない理由がはっきりしたと思います。元国防大臣が要求した憲法違反を是認してはなりません。

ところが、ラース・コッホがルフトハンザ機を撃墜したとき、スタジアムはもちろん満席のままでした。他人の憲法違反で被告人の罪を問うことはできません。しかし、この公判で被害者参加人が問いかけたことは被告人に向けられたものです。テロリストを取り押さえられたかもしれないのではないですか？　コックピットに進入することはできたのではないですか？　あと何歩のところまで来ていたのか？　時間は足りたのか？　わたしたちにはわかりません。旅客機の機長がちがう行動を取ることはなかったでしょうか？　多くの乗客乗員とともに機長自身も死を目の前にしていました。スタジアムの人々を救うために、機長がぎりぎりのところで機首を上げなかったと言えるでしょうか？　わたしたちにはわからないことです。もしかしたら副操縦士がぎりぎりのところでテロリストの手から武器をはたき落としたかもしれません。そうして万事うまくいったかもしれないのです。もちろんそのことも、わたしたちにはわからないことです。どうしてそのことをわたしたちは知らないのでしょうか？　なぜなら、その前に被告人が判断を下したからです。コッホはひとりで、乗客乗員が死ぬほかないと判断したのです。被告人はそういう命令を受けたわけではありません。その逆でした。命令違反をしたことで、わたしたちの法と憲法に抵触し、そして裁きの場に立たされているのです。コッホはいかに困難な状況下でも正しく判断するよう訓練されてきました。この日に至るまで、自分がどう行動するか何百回も考えてきました。ですからいま、その結果を引き受けなければなりません。

参審員のみなさん、コッホは英雄ではありません。殺人を犯しました。その手で人間をただのモノと化したのです。あらゆる決定の機会を奪いました……尊厳を侵したのです。

つらいことではあります。憲法はわたしたちに多くのことを要求します。ときには耐え難いこともあるでしょう。しかし憲法はわたしたちよりも賢いのです。わたしたちの感情、怒りや不安よりも賢いのです。わたしたちが憲法を、そして憲法の原則、人間の尊厳をいついかなる場合でも尊重するかぎり、わたしたちはテロの時代に自由な社会を存続できるのです。

わたしたちがあらゆる面で脅威にさらされ、わたしたちの国家が最大の危機に直面し、世界が崩壊の瀬戸際に立たされていることはたしかです。しかしそうした状況だからこそ、わたしたちが法治国家の原則に信頼を置くことはますます大事になっていきます。当然、それは友情と同じです。調子のいいときだけの友情など意味がないのです。

被告人は、多くの人を救うために少ない人数を殺害したのは正しい、とみなさんに言いました。しかしそれが正しいのは調子のいいときだけです。調子の悪い、きわめて困難で暗いとき、わたしたちは別の決定を下すべきです。ラース・コッホを無罪にすれば、人間の尊厳、つまりわたしたちの憲法に勝ちがないと宣言することになります。参審員のみなさんがそのような世界で生きたいと望んではいないと、わたしは確信しています。

したがって被告人が百六十四人を殺した罪で有罪になることを求めます。

裁判長 どうもありがとう、検察官。

弁護人、準備に時間が必要ですか？

弁護人 いいえ。

裁判長 よろしい。では最終弁論を聞きましょう。

弁護人 （起立する）参審員のみなさん、検察官の論告をよく聞きましたか？ 検察官が言ったことが理解できましたか？ 原則が大事だからラース・コッホを有罪にせよと、そう言っているのです。本当です。検察官ははっきり言いました。原則のために被告人を無期懲役にすべきだと主張したのです。原則ゆえに七万人が死ぬべきだったと言うのです。「憲法」「人間の尊厳」その他、この原則がどのように呼ばれようと、わたしは構いません。わたしに言えることはただひとつ、ありがたいことに、ラース・コッホはその原則を規準にせず、正しいことをしたということです。わたしの最終弁論は、もうここで終えてもいいくらいです。

でもいいでしょう、検察官と同じように話をしましょう。原則を規準にすることにはたして意味があるかどうか、もうすこし考えてみましょう。検察官が名前をあげたイマヌエル・カントが、奇しくも原則について短い論文を書いています。一七九七年のことです。「人間愛から嘘をつく権利と称されるものについて」というタイトルです。みなさんは、カントがそこで主張していることをご存じですか？　かいつまんで言うとこうです。人殺しが斧を持ってあなたの家の玄関に立ちます。あなたの友人がちょうどその人殺しから逃れて、あなたの家に逃げ込んだところです。その友人を殺すつもりだ、どこにいるか知っているか、と人殺しはあなたに問います。参審員のみなさん、なんとカントは、嘘をつくことはいけないことなので、この状況でも嘘をつくことは許されないとしたのです。つまりみなさんはこう言わなければならないのです。「もちろんです、人殺しさん、友人はソファにすわってスポーツ番組を観ています。どうぞお好きになさってください」

これは冗談ではありません。カントは本当にそう要求しました。そして検察官はみなさんに同じことを要求しているのです。原則は個々の事例に優る、原則は生命よりも重要だ、と。原則には分別があり、おそらくたいていの場合正しくもあるでしょう。しかし今回の件で原則に準じるのは、常軌を逸していないでしょうか？　わたしはその人殺しに嘘をつくでしょう。友を救うことを優先します。

さて、参審員のみなさん、この「しかし」が今回の刑事訴訟手続きの核心です。人間の尊厳という原則が人間の生命を救うことに優るというのは正しいでしょうか？　どうかよく考えてください。すこしのあいだ椅子の背にもたれかかって、それがどういうことかよく検討してみてください。コッホは七万人の命を救いました。その代わり百六十四人を殺さねばなりませんでした。それがすべてです。おぞましいことでしょうか？　たしかに見るに堪えない、身の毛もよだつぞっとすることです。しかし他に方法はあったでしょうか？　いいえ。ラース・コッホは十分に吟味し、正しい決断を下したのです。すこしでもまだ冷静な判断ができる人なら、この世にあるいかなる原則も七万人を救うことに優ることはないと認めざるをえないでしょう。以上。

ただ、検察官の論告を聞いたあとでは、自分の良心に従って、原則を無視することにうしろめたさを感じるかもしれませんね。たしかに良心に従って決断するのはめんどうなことです。しかし可能なのです。

個別具体的なことを見ていきましょう。まずみなさんは、航空安全法が合憲かどうかについて、連邦憲法裁判所裁判官がどういう判決を下したかご存じですね。ところが、航空機を撃墜したとき、軍人は罪を背負うことになるのかどうかという問題について、連邦憲法裁判所裁判官は明言していないのです。みなさんがこれを知っていることは大切なことです。いまそのことについて判断するのは、みなさんだからです。

航空安全法自体は違憲かもしれませんが、ラース・コッホが罪を負うことになるかどうかは、別問題なのです。

　みなさんに本来の問題を説明してみようと思います。連邦憲法裁判所裁判官とわたしたちの憲法は、生命の価値を無限に大きなものとみなしています。だとすれば、生命を他の生命と天秤に掛けることはできません。無限にはなにひとつ付け加えようがないからです。ひとつの生命は十万の生命と同じ価値がある。

　生命を他の生命と天秤に掛けることはできないというこの基本的な考え方は、わたしには疑わしいものであり、健全な人間の考えと矛盾するように思います。それに、より小さな悪を優先させることは正しいとする判決が過去に何度もだされています。一八四一年、ウィリアム・ブラウン号という船が氷山に衝突して沈没しました。救命ボートには生存者全員を乗せることができませんでした。さもなければ、救命ボートが沈没し、だれも生存できなかったでしょう。水夫のアレクサンダー・ホームズは十四人から十六人——正確な数字はわかっていません——を救命ボートから海に突き落としました。フィラデルフィアに生還したあと、ホームズはその行為に対して裁きに掛けられました。法廷は有罪判決を言い渡しましたが、刑は非常に軽減されました。裁判官たちはより大きな災難に対して小さな災難は優先される必要があると認めたのです。ホームズは乗客の大半の命を救ったのです。

あるいは二〇〇〇年にイギリスの法廷が判決を下した事件を思いだしてください。シャム双生児が生まれてからいっしょに成長しました。しかし医師団は、このままではいずれふたりとも死ぬと表明し、分離することをすすめました。しかし分離手術は、どちらかひとりの確実な死を意味しているとも言いました。両親は反対し、この問題は裁判所の判断に委ねられました。その結果、控訴院はより生命力のある子を生かし、生命力の弱い子を殺す判決を下しました。参審員のみなさん、これも命を他の命と天秤に掛けることにほかなりません。この審理を担当したブルック裁判官は判決理由の中で、操縦士のいない航空機が燃料を使い果たして町に墜落しようとしている場合を例に引き、死の洗礼を受けた乗客乗員もろとも撃墜することは法的に許されると判断したのです。なぜでしょうか？　ここでもそれは「より小さな悪」にあたるからです。アメリカ合衆国副大統領ディック・チェイニーは二〇〇一年九月十一日の数日後、航空機を撃墜することは法に適《かな》うと主張しました。なぜでしょうか？　より小さな悪だからです。

参審員のみなさん、より小さな悪を優先するこの考え方は、英米の法系統に根づいたものであることを認めます。しかしここで大切なのは、そのほうが筋が通ることです。「人間の尊厳」と「憲法の精神」という概念については長時間議論することができます。しかし世界は学生向けゼミナールではありません。実際のところ、わたしたちは以前にも増して大きな脅威にさらされています。わたしたちは毎日、悲惨な光景を目にしますが、それが自分の身に降りかかるとは思っていません。わたしたちの生活から死を追いだし、ずっと平和な暮らしがつづけられると思っています。わたしたちは死から解放されたかのようにさえ見えます。しかしわたしたちの社会、わたしたちの自由、わたしたちの生き方は脅威にさらされているのです。テロリストは自分たちの目的を何千回も形にして見せています。テロリストはわたしたちを破壊したいのです。わたしたちはどうしたらよいのでしょうか？　わたしたちはテロリストに対抗しましたか？　ラース・コッホはそれを身をもってわたしたちに示したのです。テロリスト、頭のおかしな人、なんらかの馬鹿げたイデオロギーや熱狂的な信仰のために殺害を意図する人のことを考えてみてください。その人の狙いはひとえに死と破壊にあります。そういうテロリストが連邦憲法裁判所の判決を読むことになります。テロリストはどんな結論をだすでしょうか？　「なるほど、人間の尊厳か。たしかにそのとおりだ。テロはやめておこう」などと考えると思いますか？　テロリストは連邦憲法裁判所が定めたことを逆手に取るでしょう。できるだけ多くの無関係な人々が乗っている航空機をハイジャックするはずです。わたしたちの上品な法治国家はテロリストになんら手をださないと保証されているからです。連邦憲法裁判所は降伏したのです。参審員のみなさんは降伏しないでください。ラース・コッホの有罪判決は、わたしたちの命を守りません。有罪判決は、わたしたちの敵であるテロリストを守り、わたしたちの命を狙う攻撃に手を貸すことになるのです。

尊敬する参審員のみなさん、今日ラース・コッホに有罪判決が下りたら、つまり疑わしき憲法の原理が個々のケースよりも重視されるなら、わたしたちはテロから身を守ることは許されないということになります。もしかしたら検察官は正しいかもしれません。乗客をモノと化してしまうかもしれないでしょう。乗客の尊厳を損なう恐れもあります。しかしわたしたちは戦時下にあることを理解しなければなりません。わたしたちが積極的に選んだことではありませんが、変えることはできません。だれしも耳をふさぎたくなる言葉でしょうが、戦争には犠牲がつきものです。わたしは無罪を求めます。

裁判長　コッホさん、あなたは今回の公判手続きにおいて被告人です。当法廷はこの公判の最後にあなたの言葉を聞く用意があります。最終陳述を望みますか？

被告人　（起立する）弁護人の最終弁論に同意します。言い尽くされています。

裁判長　みなさんは被告人と証人の言葉、検察官と弁護人の最終意見陳述を聞きました。被告人の最後の言葉を胸に刻んで評議してください。正しい裁きが下るかどうかは、あなた方にかかっています。弁護人あるいは検察官に対する親近感や嫌悪感に左右されないでください。みなさん自身が正しいと思うとおりに評決を下してください。みなさんは検察側と弁護側双方の論拠を知りました。どちらもそれぞれの立場を鮮明にしたと思います。みなさんは決断しなければなりません。

古代ギリシアの哲学者カルネアデスは紀元前一五五年、ローマで二日連続の講演をしました。初日に法体系のテーゼの充実ぶりを見事に説明し、翌日、それを見事に論《ろん》駁《ばく》しました。聴衆はかんかんに怒りました。このときカルネアデスは、真実とは論拠の正否で決まるものではないことを証明しただけなのです。

みなさんは判断に際して法的にはさらに次のことを知っている必要があります。被告人のやった行為に疑いの余地がないということです。弁護人もその点を否定しませんでした。したがって評議では、被告人が連邦憲法裁判所と憲法が課した義務に違反したことは許されるのかどうかを問題にしてください。そこが核心です。

またみなさんの中には、被告人を有罪としながら、事件の特殊性に鑑《かんが》みて、禁錮刑が執行されることを望まない方がいるかもしれません。言っておきますが、わたしたちは裁く役回りですから、被告人をまず有罪にし、そのうえで恩赦を与えることはできません。それは他の人の役割です。

みなさんが下す評決は、わたしが判決としてすぐ言い渡します。つまりみなさんだけで本訴訟の結果を決めていただきます。

難しい決断であることはわかっています。しかしラース・コッホ事件に正当な評決を下すことと信じています。


裁判官退場。

評　決

裁判長は評決結果に従って、被告人が有罪か無罪か判決を言い渡す。

有罪判決

廷吏　訴訟関係者のみなさん、入廷してください。

弁護人、検察官、女性速記官着席。被告人は廷吏によって連れてこられ、弁護人の横にすわる。裁判長の入廷。全員起立し、そのまま立つ。

裁判長　判決を言い渡します。被告人ラース・コッホを百六十四人の殺害によって有罪とする。

みなさん、すわってください。わたしはまた次の決定をしました。

区裁判所による勾留は、被告人が本法廷で有罪判決を受けたことにより継続される。

裁判長は判決書に署名して、女性速記官に判決書を渡す。

裁判長　判決の根拠は以下のとおり。有罪とした参審員……人、無罪とした参審員……人。

これより詳述します。

被告人は一般の家庭環境で育ち、適齢期に就学し、大学入学資格試験を受けた後、戦闘機パイロットの養成課程を修了しました。現在は空軍少佐。被告人の人生は大きな波乱もなく過ぎました。結婚し、嫡出子の息子がひとりいます。

二〇一三年七月二十六日二十時二十一分、被告人は空対空ミサイルによってルフトハンザドイツ航空機を撃墜し、機内にいた乗客百六十四人を殺害しました。これ以上の詳述は必要ないでしょう。すべて検証してあります。弁護人が指摘するように、連邦憲法裁判所は撃墜した者が罪を背負うかどうかについて判断を下していません。法的根拠については次のように説明できるでしょう。

われわれの法は、自分自身、家族、あるいは親しい人物の危険を取りのぞいた者の罪を許す。つまり父親が自分の娘を避けようとして車のハンドルを切り、自転車に乗っている人を轢いた場合、罰せられないのです。しかしラース・コッホ被告人とスタジアムの観客のあいだにはそうした近しい関係はありませんでした。したがって被告人が無罪となる根拠は条文にはありません。ここで問題になるのはいわゆる「超法規的緊急避難」です。事実、元国防大臣ユングも、そのことに言及しました。

この超法規的緊急避難なるものは、ドイツ基本法、刑法以下いかなる法律にも規定されていません。法律学ではその存在自体が疑われています。

当法廷は、その数にいかなる差があろうと、人間の生命を他の人間の生命と天秤に掛けることは過ちであるという立場を取ります。天秤に掛けようとするこの考え方は、わたしたちの基本法、つまりわたしたちの共同体の基本に抵触します。極端な状況の下でもドイツ基本法は存続しなければなりません。人間の尊厳は最上位の原則です。これは人為的に定められたものですが、だからといって、遵守する価値が減ずるというものではありません。それどころか、この原則は市民共同体にとって絶対的保障であり、そうありつづけるのです。

ここでひとつ例をあげましょう。

一八八四年七月五日、イギリス船籍の帆船、ミニョネット号が嵐に遭遇しました。船は公海を漂流しました。喜望峰からおよそ千六百海里離れた公海上で難破し、沈没しました。乗組員は四人。船長、頑強な船員二人、痩せた十七歳の給仕。救命ボートで脱出しましたが、ボートには蕪の缶詰二個しか食料がありませんでした。四人はその缶詰で三日生き延び、四日目に小さな海亀を捕まえて、十一日目まで食いつなぎました。水は底をつき、雨水を上着に受け止めて喉の渇きを癒やすほかありませんでした。嵐から十八日目、すでに七日間なにも食べず、五日間なにも飲んでいませんでした。生き残るためにひとりを殺そうと船長が提案しました。三日後、船長はくじ引きをするというアイデアをだしました。負けた者を殺すことにしたのです。しかしそのとき給仕係の少年以外には家族があることに思い至った。給仕係の少年は孤児だったのです。彼らはくじ引きをやめました。船長は少年を殺すほうがいいと考えました。翌朝、いまだに助けはあらわれませんでした。船長は、ボートの縁に横たわっている少年のところへ行きました。少年は喉の渇きで気が変になって海水を飲んでしまい、脱水症状を起こしていたのです。数時間後に絶命するのは明らかでした。船長は「おまえの最期の時が来た」と少年に言って、少年の喉にナイフを刺しました。それから数日、三人は少年の肉を食い、血を飲みました。事件から四日目、近くを通りかかった船の乗客が救命ボートを発見しました。生き残った三人は救助され、ロンドンに運ばれました。

検察は三人を逮捕しました。船長のダドリーと水夫スティーブンスが起訴され、不起訴になった水夫ブルックスが証言台に立ちました。これは女王対ダドリーとスティーブンスの対決として法の歴史に残る事件になりました。この訴訟の唯一の問題は、わたしたちの事件に似ています。被告人が自分の命を救うために給仕係の少年を殺したことは許されるのか？　三人の命とひとりの命。裁判官はそれを争点にしました。

判決理由の朗読で、裁判官はこう言いました。

「水夫たちを襲った誘惑、その苦悩はいかばかりのものだったでしょう……。しかしながら命と天秤に掛けられるものでしょうか」

さらにこうも言っています。

「選択は力でしょうか、知性でしょうか、それとも他のなにでしょうか？　……ミニヨネット号事件では一番の弱者にして若年の者、もっとも抵抗できない者の命が選ばれたのです。彼を殺害することは、成人であるだれかの命を奪うことよりも正しいと言えるでしょうか？　こう答えるほかありません。否」

イギリスの裁判官は謀殺罪として船員に死刑を言い渡しましたが、その後、特赦がだされ、彼らは六ヶ月後釈放されました。

判決理由には、すばらしい文章がのっています。百三十年後のいま、当法廷でもこれを踏襲します。

「わたしたちはしばしば規準を設けることを求められるが、わたしたち自身がその規準に達しないものだ。そして規則を作っても、それに満足できないものだ。しかし赦したいという誘惑に駆られてもそう言い渡す権利は一個人にはない。その犯行に同情を覚えたからといって、犯罪の法的定義を変更したり、弱体化したりする権限も一個人にはないのである」

当法廷も、被告人が真摯かつ良心に鑑みて正しい決断をしようと心がけたことを疑うものではありません。被告人が決断を誤ったことは嘆かわしいことです。しかしその誤りが先例となることを認めるわけにはいきません。

ルフトハンザ機の乗客の生死はテロリストのみならず、ラース・コッホ被告人の手中にありました。乗客は無防備で、身を守る術《すべ》はありませんでした。乗客は殺害されました。人間としての尊厳、譲渡不能の権利、人間としての全存在が軽視されたのです。人間はモノではありません。人命は数値化できません。市場原理に準ずるものでもないのです。

したがって、当法廷の本日の判決は憲法に保障された人間の基本的価値を侵害する恐ろしい危険への新たな警告として理解されるべきでしょう。

それゆえ被告人に有罪を言い渡します。

これにて閉廷します。感謝をもって参審員の義務を解きます。

裁判長は起立。被告人を除く全員が同時に起立。裁判長は法壇背後の扉から退場。

幕。

完

無罪判決

無罪判決

廷吏　訴訟関係者のみなさん、入廷してください。

弁護人、検察官、女性速記官着席。被告人は廷吏によって連れてこられ、弁護人の横にすわる。裁判長の入廷。全員起立し、そのまま立つ。

裁判長　判決を言い渡します。被告人ラース・コッホを無罪とし、生じた費用は州庫の負担で補塡《ほてん》される。

みなさん、すわってください。わたしはまた次の決定をしました。区裁判所の勾留状は取り消され、無罪となった被告人は即刻釈放される。

裁判長は判決書に署名して、女性速記官に判決書を渡す。

裁判長　判決の根拠は以下のとおり。有罪とした参審員……人、無罪とした参審員……人。

これより詳述します。

被告人は一般の家庭環境で育ち、適齢期に就学し、大学入学資格試験を受けた後、戦闘機パイロットの養成課程を修了しました。現在は空軍少佐。被告人の人生は大きな波乱もなく過ぎました。結婚し、嫡男がひとりいます。

二〇一三年七月二十六日二十時二十一分、被告人は空対空ミサイルによってルフトハンザドイツ航空機を撃墜し、機内にいた乗客百六十四人を殺害しました。これ以上の詳述は必要ないでしょう。すべて検証してあります。弁護人が指摘するように、連邦憲法裁判所はこの事件が罰せられるかどうかについて判断を下していません。法的根拠については次のように説明できるでしょう。

われわれの法は、自分自身、家族、あるいは親しい人物の危険を取りのぞいた者の罪を許す。つまり父親が自分の娘を避けようとして車のハンドルを切り、自転車に乗っている人を轢いた場合、罰せられないのです。しかしラース・コッホ被告人とスタジアムの観客のあいだにはそうした近しい関係はありませんでした。

したがって被告人は、条文にない根拠によってのみ無罪となります。ここで問題になるのはいわゆる「超法規的緊急避難」です。事実、元国防大臣ユングも、そのことを取り沙汰しました。

この超法規的緊急避難なるものは、ドイツ基本法、刑法以下いかなる法律にも規定されていません。当法廷はその点に看過できない評価上の矛盾を見出します。つまり、行為者が自身あるいは近親者を救いたい、それだけのために自己中心的に行動すれば、法はその行為者を無罪とし、逆に無私の心で行動したとき、その行為者は法に抵触するという矛盾です。しかしながら、無私の心を持った者よりも自己中心的な者を優遇するというのでは理に適いませんし、わたしたちの共同体のめざすものとも一致しません。

当法廷は、被告人が真摯かつ良心に鑑みて正しい決断をしようと心がけたことを疑うものではありません。ラース・コッホ被告人は個人的な理由ではなく、スタジアムにいる人間を救うために旅客機を撃墜しました。客観的により小さな悪を選択したのです。したがって刑法上の欠点はありません。

乗客がコックピットに突入するか、機長が旅客機の機首を上げたかもしれないという検察の主張は興味深くはありますが、説得力に足るものではありません。第一にそうすることが可能だったと証明できません。第二に奇跡が起きる可能性もありますが、それを計算に入れることはできません。わたしたちが検討すべきなのは事実です。さもなければ裁判は不可能でしょう。たとえ死に体となった人命であっても、生きる時間をさらに短くすることは許されないという検察の見解も間違いなく妥当なものです。しかしここで問題になっているのは、そういう事件ではないのです。臓器移植のため、瀕死の人間から臓器を摘出するのとはわけがちがうのです。今回の事件に、わたしたちのふだんの実人生との共通性は認められません。したがってふだんであれば正当である検察の主張は、端から的を射ていないことになります。

まとめるとこうなります。耐え難いことではありますが、わたしたちは、わたしたちの法がモラルの問題をことごとく矛盾なしに解決できる状態にはないことを受け入れるほかないのです。ラース・コッホ被告人は生死を分かつ者となりました。被告人の良心に基づく判断に遺漏なく検討を加えるための法的規準をわたしたちは持っていません。航空安全法もドイツ基本法も裁判所も、彼ひとりに判断をさせました。そのことをもっていま、被告人に有罪を言い渡すことは間違いであると確信するものです。

ゆえに被告人を無罪とします。

これにて閉廷します。感謝をもって参審員の義務を解きます。

裁判長は起立。被告人を除く全員が同時に起立。裁判長は法壇背後の扉から退場。

幕。

完

是非ともつづけよう

本稿は、二〇一五年に雑誌〈シャルリー・エブド〉に対してM100サンスーシ・メディア賞が授与された際の、授賞式における著者の記念スピーチです。（編集部）

こんばんは、ジェラール・ビアール（〈シャルリー・エブド〉の編集者）さん、こんばんは、みなさん。

二〇一一年十一月二日、雑誌〈シャルリー・エブド〉の事務所への放火事件がありました。その数日前、預言者ムハンマドの諷刺画が同誌の表紙に掲載されました。事務所は全焼し、社屋は破壊され、同社のウェブサイトがクラックされる事件が起きました。ウェブサイトには「神の呪いは汝らの元に」という文章と共にメッカのモスクの写真が掲載されました。

およそ四年後の二〇一五年一月七日十一時三十分頃、覆面をした二人組の男が、記者、諷刺画家、招待客の集まる編集会議室に乱入しました。テーブルにはケーキがのっていました。だれかの誕生日だったのです。テロ犯は十二人を殺害しました。パリ市内を逃走中に、犯人たちは地面に横たわった警官の顔に銃弾を撃ち込みました。その警官も死にました。三人目のイスラムテロリストがさらに四人を殺害しました。その中にはパリのユダヤ系食料品店の客も含まれます。

男たちはアルジェリア系移民の息子たちで、イエメンのアルカイダ系組織で訓練を受けていました。事実、テロ組織指導者が数日後、犯行声明をだしました。

十七人が殺害され、フランスで起きたテロとしては一九六一年以来最悪のものとなりました。数枚の絵のために起きた血の海の惨事。

今日の賞はその死者を讃《たた》えるものです。そして生存者を讃えるものです。仮に〈シャルリー・エブド〉の記者と画家が活動をやめても、みんな、理解を示したでしょう。ビアールさん、あなたとあなたの同僚はそれでもつづけました。〈シャルリー・エブド〉はいまも存続しています。あれだけのことがあったにもかかわらずです。あなたの友人たちが殺害され、友を失った哀しみにくれ、いまの活動に制限をかけられながらもです。あなたはあらゆる賞を受けるに値します。わたしはあなたにこうべを垂れます。

一月七日の殺人事件について議論されたとき、ドイツではほとんどの新聞が、一九一九年に書かれた作家クルト・トゥホルスキーのエッセイを引用しました。トゥホルスキーはその中で「諷刺にはなにが許されるのか?」という問いに自答しています。

ちなみに「あらゆること」と。文化欄担当の記者たちがこぞって記事を書き、あらゆる編集長が社説を載せました。そしてほぼすべての記者がトゥホルスキーに同意しました。連帯したと理解できます。しかしじつを言うと、トゥホルスキーが考えていたことは今回の論調とはまったく違いました。

彼がこの文章を書いたのは、現在とはまったく異なる時代でした。当時のドイツは第一次世界大戦に敗れ、皇帝が逃げだし、社会は崩壊していました。トゥホルスキーは他の多くの人と同じく民主主義に期待をかけたのです。作家であり、エッセイストであった彼は民主主義のために闘いました。ですから「お上」が彼の著作を許そうがどうしようがどうでもよいことでした。「お上」は許さないことのほうが多かったですから。ジョージ・グロスやカール・アルノルトといった芸術家も当時、刑事訴追を受けました。トゥホルスキーは、諷刺芸術家とは現実に立ち向かい、失望した理想主義者で、理想のためなら諷刺に命をかけてもいいと言いたかったのです。

トゥホルスキーはヒトラー政権のはじまりしか経験しませんでした。「諷刺にはなにが許されるのか？」というエッセイを書いたとき、反ユダヤ主義の週刊新聞〈シュテュルマー〉はまだ創刊されていませんでした。その週刊新聞のユダヤ人を描いた唾棄すべき諷刺画を知っていたら、トゥホルスキーはきっとちがうエッセイを書いたでしょう。

みなさん、諷刺画は芸術でありうるのです。芸術の自由は今日、わたしたちの憲法で保障されています。しかし芸術とは本来なにかという問いはきわめて摑みづらいものです。一九一七年、マルセル・デュシャンはニューヨークで便器を台座に固定し、これは芸術だと自分が言うのだから、芸術であると言いました。のちにクルト・シュヴィッタースとヨーゼフ・ボイスが、すべてが芸術であり、人間はだれしも芸術家だと言いました。それが正しく、芸術が自由であるということが合っているなら、だれもがあらゆることをしてもよいはずです。しかしそれでは、わたしたちの社会は終わりを迎えるでしょう。

「厳密に言えば『芸術』など存在しない。芸術家がいるだけだ」と言ったのは、二十世紀のもっとも重要な美術史家エルンスト・ゴンブリッチです。気の利いた言葉です。絵を描き、文章を綴るのがだれなのか。それが常に大切なのです。芸術とはまさしく芸術家が作りだすものだからです。

それはともかく、文章や絵による諷刺がどこまで許容されるのかと問うことは、諷刺雑誌にとってはなんの意味も持たないことかもしれません。諷刺は限界を超えることで真骨頂を発揮します。制限がなくなれば、諷刺も存在しません。すべてが許されるとき、諷刺は必要とされなくなるのです。諷刺は先鋭的で、批判し、挑発するものでなければなりません。相手を傷つけ、不快にする必要があるのです。だれも嫌な思いをしなければ、その諷刺は無意味です。諷刺芸術家は、自分の行為が許されるかどうかなど気にする必要がありません。蒙を啓《ひら》かれた社会では、芸術、そして文章や絵による諷刺の限界に関する議論は法廷で行われるようになり、もはや命の危険を恐れる必要がなくなったので、許されるかどうか気にしなくてもいいはずなのです。もしかしたら現在の状況こそが、本来の意味で芸術の自由なのかもしれません。

それは、テロ攻撃を受けるまで〈シャルリー・エブド〉の歴史でもありました。数ヶ月前、ル・モンド紙に「シャルリー・エブド　二十二年の足跡」という記事が掲載されました。実際〈シャルリー・エブド〉はありとあらゆる宗教組織、政治家、ジャーナリストなど告訴できるほぼあらゆる存在から訴えられています。カトリック教会だけでも十四件の訴えが起こされているのです。そしてその都度、原告は敗訴していま す。この点で〈シャルリー・エブド〉には長い伝統があるのです。

諷刺画をめぐるもっとも有名な刑事訴追が一八三一年十一月十四日、パリで行われました。被告人は当時三十一歳だった、複数の諷刺新聞の編集人、パリ最大の石版画工房を持つシャルル・フィリポンでした。フィリポンは、共和主義者で、ブルジョワの王を標榜していた国王ルイ・フィリップ一世の権勢欲に失望し、嫌悪していました。

そして新聞に国王の諷刺画を掲載しました。しかも革命の理念をあらわす国旗の三色に色づけして皮肉ったのです。はじめは検閲が見過ごしましたが、その後フィリポンは不敬罪で起訴されました。ハインリヒ・ハイネが当時この訴訟について書いています。フィリポンは、攻撃したのは国王の人格ではなく、「抽象的な政治権力」であり、それは許されるはずだ、と法廷で主張しました。裁判官は首を横に振りました。そこでフィリポンは、起訴状が一八三〇年に保障された言論の自由と報道の自由に抵触すると言いました。彼が言ったことは正しくありません。

憲法に相当する一八三〇年の憲章は、国王をめぐる言論の自由は排除していました。フィリポンは裁判官に言いました。「絵の中に国王が認められるというのなら、どんな絵にも認められるでしょう。だからなにか絵を描いた人はだれでも、不敬罪を問われることになります」

裁判官はわけがわからず、被告人を見たまま、きょとんとしました。そのときフィリポンが実行したことが見事です。紙を一枚取り、国王ルイ・フィリップの肉がたるんで二重顎になった顔を描き、それからさらに三つ、最初の顔に似て非なるものをスケッチしました。その三つのスケッチはしだいに原形をとどめなくなり、最後は国王の顔の輪郭だけが残されました。それは洋梨に見えました。フィリポンは洋梨を描いたのであって、国王ではなかったのです。

それでもフィリポンは有罪になりました。弁護がいかに見事であっても、そういう結果に終わることはよくあります。しかしフィリポンは、最終陳述とそのとき描いた絵を諷刺新聞〈カリカチュール〉と〈シャリヴァリ〉に掲載し、とんでもない成功を収めました。それ以降、国王は広く「洋梨」と呼ばれるようになりました。憎き七月王政と国王を批判したい人は洋梨を描けばことがすむようになったのです。

国王や首相を果物として描いても、いまではだれひとり有罪になることはありません。ドイツの諷刺雑誌〈ティタニック〉は一九八二年にはじめて同じ洋梨をヘルムート・コールに使いました。一九八三年、〈ティタニック〉の共同設立者でもある作家ピット・クノルの本がハンス・トラックスラーのイラスト付きで出版されました。タイトルは『洋梨――首相の本　わが国の若い野菜と清潔な果物のための入門書』というものです。一九八七年、キリスト教民主同盟（CDU）とキリスト教社会同盟（CSU）の青年組織ユンゲ・ウニオンがこの絵を借用し、選挙キャンペーン用の梨頭ステッカーまで作られました。おそらく諷刺との付き合い方としてはもっとも知的だったと思います。ヘルムート・コールはわたしたちドイツ人の中でたぶんだれよりも侮辱されましたが、〈ティタニック〉を訴えようとはしませんでした。訴えれば、いくつかの案件できっと勝訴したでしょうが。

数週間前、ギリシアの政権与党、急進左派連合の党新聞がドイツ財務相ヴォルフガング・ショイブレの諷刺画を載せました。そこには「公判がはじまった」とあり、ショイブレ財務相はナチ時代の軍服を着せられていました。そして「おまえらの脂から石鹸を作ってやる」「おまえらの灰で肥料が作れればそれでよし」というふたつの吹きだしが書き込まれていました。だれが見ても諷刺です。財務省の報道官が腹を立てているのは、だれの目にも明らかでした。それでも報道官は言ったのです。これが言論の自由だ。〈シャルリー・エブド〉の最新号では、アンゲラ・メルケル首相が同じく軍服姿で描かれました。メルケル首相は前屈みになったギリシア人たちにガス室への道を指し示し、その下に「あそこへ行きなさい。あなたたちの借金はあそこで償却される」という一文が載っていました。新しい表紙には、海岸に打ち上げられた難民の少年の溺死体が描かれ、その背後に「一人分の値段で二人分の子どもメニュー」というマクドナルドの宣伝文句が描き込まれていました。連帯感はすぐに消えてなくなるでしょうね。「諷刺は自由である」という声もやがて忘れ去られるでしょう。昨日早くもドイツの大手報道機関が「〈シャルリー・エブド〉は同情を失う」と書いています。

みなさん、ここにいる人の多くは公職についている方々でしょう。みなさんは批判にさらされています。批判を受けて、みなさんは傷つき、不快な思いをするでしょう。その批判はときには悪口雑言のこともあるし、極悪非道だったり、無味乾燥だったりすることもあるでしょうが、あいにく当意即妙なこともあります。わたしたちはその批判に不満を抱き、手紙を書き、電話をかけ、あらゆるところに苦情を言うでしょう。そして最後には裁判所に訴える。しかし批判が許される限界をはるかに超えていても、わたしたちは批判する人間を殺したりしません。そして気持ちが静まると、耐えられないことではあるけれども、批判は必要だと気づくでしょう。

では宗教団体の場合、そうはいかないのでしょうか？　わたしはそうは思いません。神への冒瀆が今日なおそれほど特別に罰しうるものであるとは、わたしには到底思えないのです。どうして宗教が、たとえば性的指向や肌の色や国籍よりも侮辱から守られるべきだというのでしょうか？　わたしはわたしたちのドイツ憲法の冷静で自由な精神を信じます。超然とした寛容と友好的な人間像を信じるものです。ですから、他のすべての理念と同様に宗教もまた批判にさらされてよいと確信しています。暴力が宗教の名の下に行われる場合には尚更です。

しかしみなさん、本質的なことはすこし別なところにあります。近代国家は、人間が私的制裁を放棄したから成立したのです。人間は自分の怒りや復讐心を国家に委ね、武器を置いたのです。罰することが許されているのは国家だけであり、国家だけが世間一般に認められた訴訟手続きの実施を許されているのです。十九世紀の偉大な社会学者マックス・ウェーバーは、それを説明するために「国家による暴力の独占」という概念を使用しました。そういう方向への動き自体は、もちろんはるか昔からありました。それは市民と国家のあいだで交わされた契約です。わたしたちが共生する基盤です。暴力を放棄する代わりに、わたしたちには秩序ある訴訟手続きが保障されているのです。それを実現するのは簡単なことではありませんでした。ここまでにするのに数百年を要したのです。この契約の歴史は今日ある法秩序の発展の歴史です。法秩序によってはじめて、わたしたちはわたしたちになれるのです。

ですからテロ行為は、妻を殺害した夫や銀行強盗と比較できないものでもあるのです。テロ行為は法秩序に違反するものではなく、法秩序への攻撃だからです。わたしたちが新聞やテレビやインターネットで行う議論は、わたしたちの憲法に基づいて行われます。他方、テロリストの唯一の目的は、その憲法を粉砕することにあるのです。「諷刺は自由である」という宣言は、テロの現実に直面したとき無邪気で無力なものです。テロリストが飽かず殺人を繰り返しているというのに、わたしたちはペン画の限界がどこにあるか、微に入り細をうがって議論しているのですから。テロリストの血塗られた行為は議論に与《くみ》しません。犠牲者たちは私的制裁の誘発者ではありません。犠牲になった人たちがした行為が禁じられたことだろうと、許されたことだろうとまったく関係がないのです。

さて、これらのことからどのような結論をだしたらいいのでしょうか?

蒙を啓かれた民主主義が、それでもテロリスト、つまりわたしたちの社会を破壊しようとしている人たちに対応するには法という手段しかない、とわたしはいまでも確信しています。そうしなければ法治国家が堅固で本物だということは証明しえないのです。わたしたちが怒り、復讐心に燃えるとき、常にそのことを忘れる危険にさらされます。グアンタナモ収容所はその恐ろしい例のひとつでしかありません。

しかし他にもまだ問題があります。把握しづらく、あまり自明ではないことです。あのテロ事件のあと、ほとんどすべての自由な国の政府代表が、あれは生命へのテロであるだけでなく、「言論の自由と報道の自由への攻撃」でもあると表明しました。たとえばメルケル首相はそう言っています。たしかにそれがテロリストの狙いでしょう。ところがあのテロ行為はなににも増して言論の自由を強化しました。フランスどころかヨーロッパ全域、アムステルダム、ベルリン、ブリュッセル、リスボン、ロンドン、マドリード、ミラノ、ローマ、ウィーンで、テロの直後、多くの人がデモをしました。二〇一五年一月十一日、パリで百五十万人、フランス全土では三百七十万人を超えたと言われています。あるコメンテーターが言っていました。フランス国内でこれほど多くの人が心をひとつにしてデモをするのはフランス革命以来だ、と。多くの人が「わたしはシャルリー《Je suis Charlie》」と書かれたプラカードを持ってデモに参加しました。みんな、亡くなった人たちを悼んでいました。みんな、言論の自由という権利のためにデモをしたのです。基本的権利があれほどの賛同を得たことはかつて一度もなかったと思います。

〈シャルリー・エブド〉の社員があのテロ事件のあと編集部を去っています。気持ちはよくわかります。他のジャーナリストたちが、イスラームについて自由に意見を表明しなくなっています。恐ろしいことです。もしかしたらこういう賞がすこしは援護射撃になるかもしれません。

しかしもっと深い意味を持つ真実があります。わたしたちの民主主義を破壊するのはテロリストではないということです。彼らにそのようなことはできません。みなさん、わたしたちの価値を深刻なほど危険にさらすのは、わたしたち自身なのです。民主主義を損なうことができるのは、わたしたち民主主義者だけなのです。そしていとも容易《たやす》く損なわれます。煽動家は勢いづき、政治家はより厳しい法律を要求し、情報機関はこれまで以上に力をつけます。ヨーロッパがイスラーム化する恐れがある、とさまざまな党が懸念し、パリでのテロをその「証左」だと思うでしょう。要注意人物の情報が開示請求され、インターネットの監視が強化されます。それこそがテロリズムがもたらすものなのです。その影響は間接的で、だからこそ危険なのです。

数週間前、わたしはチューリヒの空港で九十歳くらいの上品な老婦人の後ろに並びました。その婦人はすこしそわそわして、落ち着きがありませんでした。婦人の手荷物が保安検査に引っかかり、婦人は靴を脱ぐように言われ、身体検査を受けました。婦人が不機嫌なのが見ていてよくわかりました。婦人はハンドバッグに小さな香水をしまっていたのです。保安検査員は、香水瓶をビニール袋に入れるように言いました。もちろん婦人には持ち合わせがありません。保安検査員は香水瓶を没収しようとしました。するとめったに経験しないことが起きたのです。他の乗客たちが抗議しだしたのです。しだいに声が大きくなり、保安検査員は結局、婦人におずおずとその香水を返しました。みなさん、テロリストはほとんど勝利を収めようとしています。わたしたちは気をつけなければなりません。

国家がテロに対して無防備だと思うのは幼稚です。しかしいまは、戦争を声高に叫んでも、怒りに駆られた行動を無闇にしても役に立ちません。思慮深さ、憲法、法治国家であること、それだけが長い目で見てわたしたちを守ることができるのです。わたしたちが自らに与えたきまりをないがしろにするとき、わたしたちは敗北するでしょう。ところで二〇一一年七月二十二日ノルウェイでブレイビクという人物が常軌を逸した、似非《えせ》政治的な動機から未成年を三十三人含む七十七人を殺害しました。しかしその後も、ノルウェイは新たな監視法を公布せず、学校や休暇村にボディスキャナーを設置しませんでした。そしてストルテンベルグ首相はまったく逆のことをしました。オスロ大聖堂での追悼式典でこう演説したのです。「わたしたちはわたしたちの価値を放棄することはありません。今回の事件に対するわたしたちの答えは、もっと民主主義を、もっと公明正大さを、もっと人間性を、ということです」なにがあっても、民主主義のほうが強いことを世界に示そうと訴えたのです。

ストルテンベルグ首相の言葉に、わたしは深く感動しました。そしてその言葉はいまも有効です。それはわたしたちにとって大切な核心です。狂信者に対しては、彼らがもっとも恐れ、憎んでいるもので対抗しなければなりません。それはわたしたちの寛容、わたしたちの人間像、わたしたちの自由、そしてわたしたちの法です。

トゥホルスキーは一九三五年に亡くなりました。エーリヒ・ケストナーがのちに彼のことをこう評しています。トゥホルスキーは「タイプライターで破局を止めようとした」「小太りのベルリン人」だった、と。けれどもみなさんはご存じですね。トゥホルスキー、そしてその先輩であるハインリヒ・ハイネや、トゥホルスキーのあとにつづいたシュテファン・ツヴァイク、エリアス・カネッティ、トーマス・マンなど多くの人々が自国への批判をどれだけしたことか。ただしそこには悪意も憎悪も、破壊をめざす意志もありませんでした。実際は正反対です。こう言うといまはもったいぶって聞こえるかもしれませんが、ひとことで言えば、そこには自由というすばらしい人生の豊かさへの深い愛があるのです。あるいはもっとモダンな言い方をするなら、蒙を啓かれ、多様で自由な社会に生きるべきだという信念があるのです。

最近、クリストファー・ストリート・デイのパレード（ベルリンで行われるLGBT文化を讃えるイベント）を見る機会がありました。背の高い、とても美しい黒人男性が路上でダンスをしていました。彼は恐ろしくスリムなアンダーパンツ以外なにも身に着けず、背中に白い天使の翼をつけていました。通行人が彼を見物していました。道端には妻子を連れた小柄なアラブ人もいました。身長が一メートル六十センチもなく、顔中に髭を生やし、すこし猫背でした。ダンサーはそのアラブ人に近づいていきました。まずいことになる、とわたしは思いました。ダンサーはアラブ人の前に立ち止まると、深々とお辞儀をして、アラブ人の顔を両手で包んだかと思うと、その口にキスをしたのです。アラブ人ははじめ顔を真っ赤にしましたが、それから喜んで、破顔しました。


　わたしたちが生きている世界は完璧ではありません。これまでの世紀よりもましなだけです。そしてこの世界には、〈シャルリー・エブド〉が必要です。わたしたちにはあなたが必要なのです、ビアールさん。あなたの雑誌は軽佻浮薄《けいちょうふはく》で、激烈で、ふざけるなと言いたいくらいです。往々にして許容範囲を超えているわけです。しかしそうすることで、わたしたちの自由を表現し、具現化してもいるのです。あなたの雑誌は何百年にもわたる闘争と抑圧と苦悩の末に作り上げられたこの世界の一部なのです。いまなお分別を持った人なら啓蒙時代以前にもどりたいと思う人はいないでしょう。ベンジャミン・フランクリンの警告は当時以上にいまこそ有効です。

「安全を得るために自由を放棄する者は、結局どちらも得られない」

　親愛なるビアールさん、わたしたちはあなたにお願いします。〈シャルリー・エブド〉をつづけてください。なんとしてもつづけてください。いままでどおり、可能なかぎりつづけてください。

TERROR by Ferdinand von Schirach

All rights reserved © 2015 Piper Verlag GmbH, München/Berlin
This edition is published by TOKYO SOGENSHA Co., Ltd.
Published by arrangement through Meike Marx Literary Agency, Japan

テ　ロ

著　者　フェルディナント・フォン・シーラッハ
訳　者　酒寄進一

2016年7月15日　初版

発行者　長谷川晋一
発行所　（株）東京創元社
　　　　〒162-0814　東京都新宿区新小川町1-5
　　　　電話　03-3268-8231（代）
　　　　振替　00160-9-1565
　　　　URL　http://www.tsogen.co.jp
装　幀　森田恭行（キガミッツ）
印　刷　萩原印刷
製　本　加藤製本

乱丁・落丁本は，ご面倒ですが小社までご送付ください。
送料小社負担にてお取替えいたします。

Printed in Japan © Sinichi Sakayori 2016
ISBN978-4-488-01056-0 C0097